GUNDAM
RISE FROM THE ASHES
SIDE STORY 0079

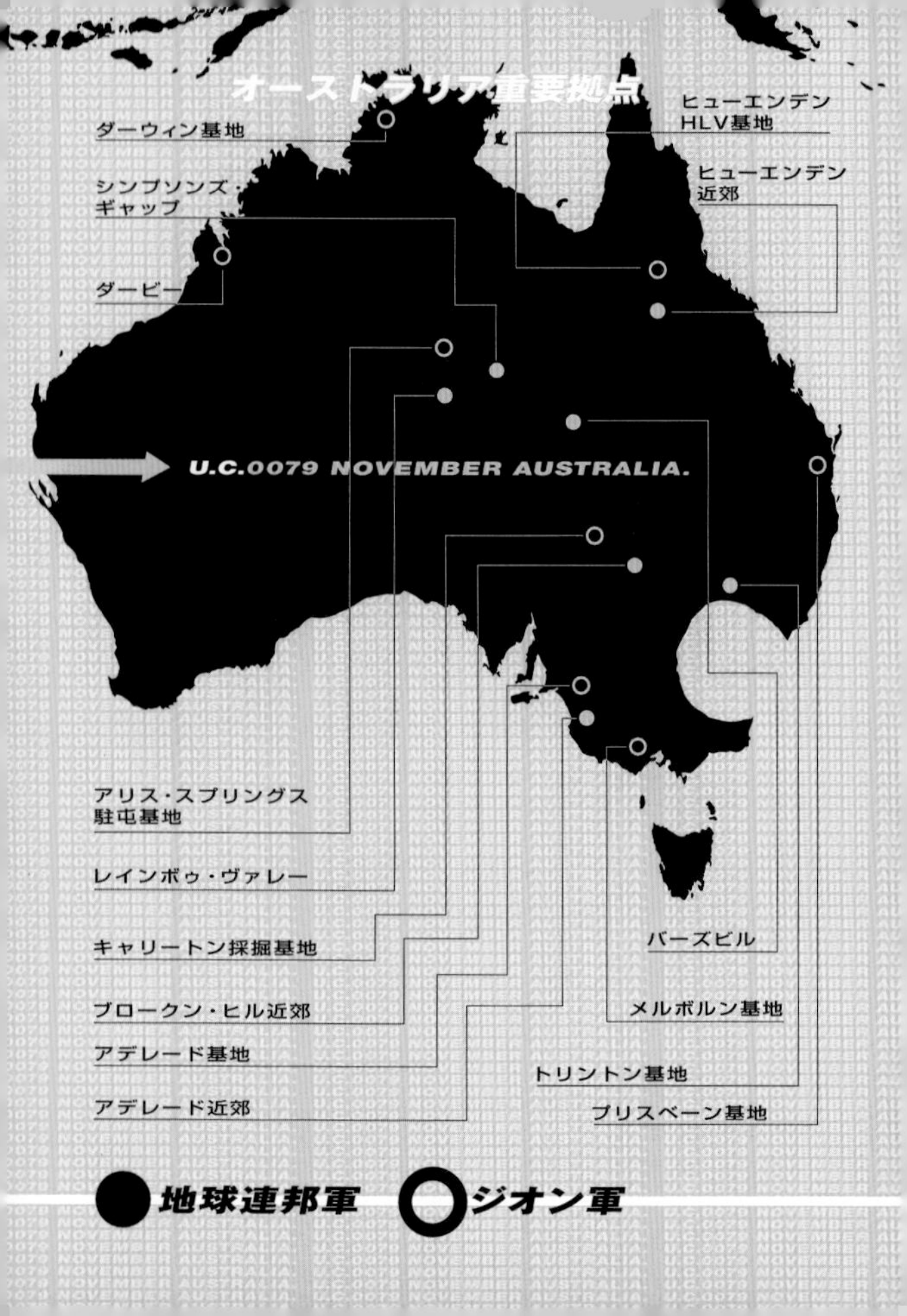
オーストラリア重要拠点
ダーウィン基地
シンプソンズ・ギャップ
ダービー
ヒューエンデンHLV基地
ヒューエンデン近郊
U.C.0079 NOVEMBER AUSTRALIA.
アリス・スプリングス駐屯基地
レインボゥ・ヴァレー
キャリートン採掘基地
ブロークン・ヒル近郊
アデレード基地
アデレード近郊
バーズビル
メルボルン基地
トリントン基地
ブリスベーン基地
地球連邦軍
ジオン軍

機動戦士ガンダム外伝

コロニーの落ちた地で…(下)

著/林 譲治
原作/矢立 肇・富野由悠季
協力/千葉智宏(スタジオオルフェ)

角川文庫 11366

目次

第一章　ブロークン・ヒル　6
第二章　トリントン基地　42
第三章　マッチモニード　75
第四章　月の階段　109
第五章　ＨＬＶ基地　141
第六章　最後の戦闘　174
エピローグ　アフリカ　212
小説完結に寄せて　ガンダム外伝シリーズ　ゲームデザイナー　徳島雅彦　216

口絵・本文イラスト　金田莉保・たかしあきら

RACTERS

RISE FROM THE ASHES-

連邦軍

ボブ・ロック
整備士長

小隊のMSと装備武器の整備を担当する整備士。

マクシミリアン・
バーガー少尉

適正試験で、軍楽隊からMSパイロットに転身した変わり種。

マスター・P・
レイヤー中尉

連邦軍MS遊撃部隊「ホワイト・ディンゴ」小隊隊長。

スタンリー・
ホーキンス大佐

連邦軍オーストラリア方面軍司令官。小隊の直接的な指揮官。

アニタ・ジュリアン
軍曹

戦闘支援車両ホバートラック「OASIS」要員。策敵等を担当。

レオン・リーフェイ
少尉

「ホワイト・ディンゴ」小隊に所属するMSパイロット。

MAIN C

GUNDAM SIDE STORY 007

ジオン軍

ジョコンダ・ウィリス少尉

北米カリフォルニア基地から脱出したユーコン隊に搭乗している女性士官。

ユライア・ヒープ中佐

オーストラリア駐屯軍の輸送業務指揮を担当。ザビ家とソリがあわない。

ヴィッシュ・ドナヒュー中尉

オーストラリア方面軍MS部隊隊長。通称「荒野の迅雷」。

ティナ・デュバル軍曹

MSパイロットにして、アデレード基地所属のMS隊の教育担当下士官。

小泉摩耶大尉

オーストラリア駐屯軍鉄道大隊の大隊長。ユライアの顔なじみ。

ウォルター・カーティス大佐

オーストラリア駐屯軍司令官。秘密部隊「オクトパス」の設立者。

第一章　ブロークン・ヒル

U.C.　0079年12月24日

　そのくぼ地は天然のものではなかった。シドニーをコロニーが直撃《ちょくげき》した時、崩壊《ほうかい》したコロニーの破片により生まれたクレーターがそれだ。破片の落下角度が大きかったため、くぼ地は奇《き》麗《れい》な円形をしていた。

　ブロークン・ヒル近郊《きんこう》には大小のそうしたクレーターが幾《いく》つもある。野戦部隊が臨時の拠点《きょてん》にするにはそうしたクレーターはおあつらえ向きといえた。隕石《いんせき》などによる古くからのクレーターなら地図にも載《の》っている。しかし、これらできて一年たらずのクレーター群は地図に記載《きさい》されるどころか、その存在さえほとんど知られていなかった。

　クレーターの縁《ふち》には等間隔《とうかんかく》に監視用のセンサーが置かれ、少数の見張りの兵士が警戒《けいかい》にあたっていた。彼らに見えるのは、点在するクレーターとその周辺を埋《う》める荒野《あれの》でしかない。コロニーの破片はクレーターを作り出しただけではなかった。夥《おびただ》しい土砂をまきあげ周辺の土地の自然環境《かんきょう》を完膚《かんぷ》なきまでに破壊していたのだ。そこには動く物は何もない。

だが警戒にあたっている兵士達がクレーターの底に視線を移すと光景は一変する。クレーターの底にはジオン軍の大型輸送機が三機着陸していた。そしてそれに向かい合うように五機の局地戦用モビルスーツ・ドムが並んでいた。

そしてドムの周辺には整備用クレーンやリフトがそれぞれの作業にあたっていた。そしてそれらの重機の間をジオン軍の兵士達が機械の一部であるかのように働いていた。彼らこそオクトパス所属の一部隊であった。

ジオン軍の補給部隊が扱《あつか》う業務は物資の輸送以外にも多岐《たき》にわたる。モビルスーツの野戦整備もまた彼らの担当だった。

いまブロークン・ヒル近郊の目立たないくぼ地に、そんな野戦整備部隊がモビルスーツの整備にあたっていた。

「中尉《ちゅうい》、あなたは優秀《ゆうしゅう》な部下をお持ちのようね」

その男は補給部隊の作業指揮車のモニターを眺《なが》めながらそう言った。だが彼の視線は作業の進捗状況《しんちょくじょうきょう》だけが気がかりで、補給部隊の仕事ぶりなどには興味がないことを物語っていた。

「優秀でなければ、この程度の陣容《じんよう》で補給業務を遂行《すいこう》はできません」

「確かにそうね。いつ余計な仕事が増えるかもしれませんものね」

男はエイドリアン中尉にそう答える。カリフォルニア基地陥落《かんらく》の直前、潜水艦《せんすいかん》で脱出《だっしゅつ》したジオン軍のキシリア・ザビ直属の特殊部隊《とくしゅ》マッチモニード。その指揮官であるニアーライト少佐《しょうさ》は男であったが、言葉づかいはいつも女性的であった。言葉だけでなく物腰《ものごし》までがそうである。

エイドリアン中尉はしかし、彼のそんな物腰には騙《だま》されなかった。それは彼の部下達の様子を見ればわかる。マッチモニードの兵士達はどいつもこいつもあからさまに補給部隊の人間を見下《みくだ》していた。

エイドリアン中尉はこの場所ではニアーライト少佐に次ぐ階級なのだが、特殊部隊の連中は彼女が士官であることにさえ気がつかないふりをする有様だ。補給部隊の士官など士官の数には入らないといわんばかりの態度だ。もっとも質《たち》の悪いエリート意識の為《な》せる業《わざ》だろう。

そんな彼らでさえ、ニアーライト少佐だけは心底恐《しんそこおそ》れているらしい。少佐が少しきつい言葉をかけるだけで、ベテランパイロット達は身体《からだ》を硬直《こうちょく》させた。

いくら人が良さそうに見えても、いざとなれば敵味方の区別なく邪魔《じゃま》な相手を情け容赦《ようしゃ》なく殺せる男。それがニアーライト少佐ではないか。エイドリアン中尉はそんな印象を強く持った。同時に彼女は思った。摩耶大尉《まやたいい》はこういう嫌《いや》な奴《やつ》相手の仕事は必ず自分に押《お》しつけるんだから！と。

「少佐に誉《ほ》めていただけるとは光栄です」

彼女は少佐の嫌味に気がつかなかったふりをする。それは背骨をトカゲが這《は》うような気分だった。しかもそんな心境を表情に出さないようにしなければならない。

こんな器用な真似《まね》ができるようになったのも、摩耶大尉の部下になったおかげだ。中尉はこの点だけは摩耶大尉に感謝しても良いと思わないでもなかった。

「謙遜《けんそん》は不要よ。だって考えてもご覧なさいな。オーストラリア大陸にはまだドムは一機も配備されていないのよ。それなのにあなたの部下達は、ちゃんとあたしたちのドムを整備してくれているじゃない」

少佐の言葉は良く聞けば決して感謝の意味ではなかった。それは自分たちがドムを与《あた》えられるほどのエリートであるとの婉曲《えんきょく》な表現だ。ニアーライト少佐にとってキシリア・ザビ直属の特殊部隊はエリート部隊であり、現地部隊が率先して協力するのは当たり前と考えているらしい。

「いえ少佐、それほどのことはありません。ドムといったところで、所詮《しょせん》はザクに毛がはえたようなものですから。部品の規格もザクと同じですし、整備そのものは少佐がお考えになるほど困難ではないんです。ドムもザクも外見ほど差はありません」

エイドリアン中尉が婉曲に少佐に一矢《いっし》を報《むく》いると、彼は露骨《ろこつ》に不快な表情をした。自分達の優秀さを疑うような言動は許せないのだろう。ただ流石《さすが》に指揮官だけあって自制心はあるのだろう。すぐに口調はお馴染《なじ》みの女性口調になる。

「まぁ、ドムは洗練されているから、ザクしか扱ったことのないような素人《しろうと》でも扱えるようにできてるのが良かったのね」

「そうなんですか。やはり少佐のようにドムを操縦している方の意見は勉強になりますわね」

ニアーライト少佐は、彼女の言葉がマッチモニードに対する皮肉だと気がついた。だが皮肉の応酬《おうしゅう》では、この口の減らない若い女性士官には勝てないと悟《さと》ったのか、彼は早々に話題を変えた。

「それで中尉、オクトパスはちゃんと我々がヒューエンデンのHLV基地に向かうまでの支援《しえん》は可能なのかしら？」

「もっとも効率的なのは、ガウでも手配して一挙にマッチモニードの皆《みな》さんを輸送する場合でしょう。我々には皆さんも皆さんが運んでいる機材も一度に輸送する能力がありますから」

ニアーライト少佐は「皆さんが運んでいる機材」という言葉に対して、一瞬《いっしゅん》だが凶悪《きょうあく》な視線を返した。エイドリアン中尉にとってはその視線だけで十分だった。

ユライア中佐《ちゅうさ》の命令で、摩耶大尉らはマッチモニードに対して「アスタロス」に関する話は一切行っていなかった。ただ何か重要な物を彼らが運んでいるのを知っているだけという態度を貫《つらぬ》き通したのである。

だからマッチモニードは彼らが軽蔑《けいべつ》していたユーコン隊の連中が、強度の弱い暗号でオクトパスに「アスタロス」に関する情報を流していることを知らなかった。そしてオクトパスの側もそれを彼らに教えるメリットを認めていない。それだけにニアーライト少佐は「アスタロス」に対するエイドリアン中尉の興味を危険なものと判断したらしい。

　自分が興味を示したことに、少佐がなにがしかの嫌疑《けんぎ》を持つだろうことは彼女も予測していた。しかし、あの凶悪な視線には少なくない憎悪《ぞうお》が感じられた。殺意といっても良いだろう。あれは邪魔者《じゃまもの》と判断すれば容赦なく人を殺せる人間の目だ。

「オクトパスの皆さんの好意だけは受け取らせていただきましょう」

「ガウの手配はやはりいらないと?」

「オーストラリア大陸の戦線も大変ではありませんか。ガウは輸送任務よりももっと貴重な戦力になりますよ。我々の輸送にそれを割《さ》いていただくのは心苦しいですことよ」

　ニアーライト少佐はそう固辞しながらも、輸送部隊の人間達を婉曲にけなすことを忘れない。中尉は目の前にいる男の蛇《へび》のような執拗《しつよう》さに内心うんざりしていた。唯一《ゆいいつ》の救いはガウには乗らないと明言していることだろう。

　エイドリアン中尉もこんな連中を運んでやりたいとは思っていない。いや仮に運んでやってもよいと思っても、状況はそう簡単には行かない。彼らに独自の作戦行動を取らせるのがユライア中佐の計画なのだ。

「それに我々にはまだ重要な任務があります。ジオンが最終的勝利をつかむための鍵《かぎ》になる任務がね。おっと、あたしとしたことがいささか喋《しゃべ》り過ぎてしまったようね」

　お前の自意識が過剰《かじょう》なだけだろうが!という心の叫《さけ》びを押し殺し、エイドリアンは笑顔《えがお》で答える。

「秘密の重要任務がおありなのですか。それで我々とは別行動をとられるわけですね。友軍部隊の支援は不要なのですか？」

「それは不要でしょうね。あたしたち程の腕《うで》を持ったパイロットもこちらにはいらっしゃらないようだし」

「でも、連邦軍《れんぽうぐん》はあちこちに展開してますわ」

「ふん、それくらい。あたしたちだけなら自力で幾らでも血路は開けますわよ。何しろ闘《たたか》いのキャリアが違《ちが》いますから。足手まといな増援《ぞうえん》部隊など不要。必要な補給だけをお願いしたいわね」

「了解《りょうかい》いたしました。マッチモニードの皆さんの支援は我々が責任を持って行います。ただし……」

「ただし、何ですの？」

「オーストラリア大陸もご存じのような状況です。支援のための合流地点は、その時の状況により我々が指示した場所で行っていただきたいのですが、よろしいですか？」

「そちらの指示した場所に我々が行くですって！」

「はい、この近辺も連邦軍が進出してきて、我々だけでは自由に行動できませんから。それにマッチモニードの皆さんは、自分達だけなら血路を開くぐらい簡単だとおっしゃったばかりじゃないですか」

自分の言葉尻《ことばじり》をとられ、ニアーライト少佐はまたまた不機嫌《ふきげん》な表情をする。そこへ彼の部下が報告に現れた。補給や整備が終わり、出発の準備が整ったというのだ。

「それではお別れね。ええと、お名前は?」

「エイドリアン中尉です」

「エイドリアン中尉ね、覚えておくわ。あんたみたいな『いい性格』をしている士官は初めてだわね」

「ええ、子供のころからよく言われてました。あなたは『良《よ》い性格』ねって」

ニアーライト少佐は何も答えず、やってきた不整地用車輌《しゃりょう》に飛び乗る。そして部下のドムたちと共に、野戦補給所のクレーターを後にする。

「みんな、おかま野郎は行っちゃったわよ! すぐに撤収《てっしゅう》!」

エイドリアン中尉がハンディ無線機に命じると、補給隊の面々は一斉に撤収作業にかかった。

彼女はコンテナ式の野戦炊事車《すいじしゃ》に向かうと中にいる主計軍曹《ぐんそう》に尋《たず》ねた。

「軍曹、食卓塩あるかしら?」

「食卓塩ですか? ええ、それくらいありますけど何に使うんで?」

「大尉から教わったことをやってみようかなと思って」

「摩耶大尉からですか?」

「良くわかんないけど、日本の古くからの風習だそうよ。大尉が嫌な上官とかが帰った後によく私が命じられたのよ」

「どんな命令です？」

「エイドリアン、厄払《やくばら》いに塩でも撒《ま》いとけ！ってね」

U.C.0079年12月25日

特殊遊撃《とくしゅゆうげき》MS小隊「ホワイト・ディンゴ」は部隊の性格上、二四時間いつでも出撃《しゅつげき》できることが求められていた。だが深夜にたたき起こされ、目的地の説明もなしにミデア輸送機に乗せられるのは、彼らの経験からいっても希《まれ》だった。

アデレードの宿舎で寝《ね》ていると、緊急《きんきゅう》呼集をかけられ、そのまま全員がミデア輸送機に乗せられたのだ。目的地の指示も、作戦の説明も一切なかった。全員が乗り込《こ》むと次の瞬間《しゅんかん》には輸送機は離陸《りりく》するという慌《あわ》ただしさだ。

この突然《とつぜん》の招集で一つだけ確かなこと。それは今度の任務がかなり緊急を要するものであることだった。このことはボブ・ロックら整備班の動きを見てもわかる。

彼らは少しでも時間を有効に使うために、輸送機の格納庫の中で整備作業を行っていた。通常なら、そうした作業は危険なので禁止されているはずなのだ。だが彼らは時に乱気流に弄《もてあそ》ばれる機体の中で、可能な限りの整備を行っていた。

もちろんレイヤー中尉《ちゅうい》も遊んではいなかった。彼は久々に輸送機の中の通信室に向かう。そして専用の通信室でスタンリー司令官の命令を受け取っていた。

「中尉、突然の呼集で驚《おどろ》いたのではないかな？」

「いえ、我々は二四時間臨戦態勢がモットーですから」

「ほう、それは頼《たの》もしいな」

「ただ、こんな時間に出動を命じられるからには、よほどの任務なのでしょう。そちらの方が気になります」

それはレイヤー中尉の本心だ。アリス・スプリングスをはじめ、彼らは困難な任務を何度も経験している。しかし、それらの任務でも作戦に関する説明はある程度の時間的余裕《よゆう》をもって為《な》されてきた。

もちろん特殊遊撃MS小隊「ホワイト・ディンゴ」は、その部隊の性格から過去にも夜間出撃をしたことはある。だが夜間出撃を行う場合にも、いや夜間出撃だからこそ、作戦に関する説明や準備は入念に為されてきたのだ。

それが今回は違《ちが》った。夜間出撃は予告なく行われた。レイヤー中尉ですら、何を目的としたものか皆目《かいもく》見当もつかなかった。

「ダーウィン基地の支援《しえん》ですか、司令官？」

連邦軍《れんぽうぐん》はすでにアリス・スプリングスとアデレードを解放している。作戦計画で残っている重要拠点《きょてん》はダーウィン基地のみだ。だからレイヤー中尉はこの基地の名前をあげたのだが、司令官の返事はそれとは違ったものだった。

「いや、ダーウィン基地ではない。あそこが我々の手によって解放されるのも時間の問題だ。少なくとも諸君らを夜中にたたき起こすほどの緊急事態はあの戦線にはないな」

スタンリー司令官は、そう言ってこの任務が緊急事態への対処であることを仄《ほの》めかした。だがダーウィン基地以外で何等《なんら》かの緊急事態が起こるというのがレイヤー中尉にはわからない。

「諸君らにはブロークン・ヒルの採掘基地へと向かってもらう」

「ブロークン・ヒルの採掘基地……もしかしてキャリートン採掘基地近くのあそこですか？」

ブロークン・ヒル採掘基地はアデレードとブリスベーンの中ほどに位置する小さな基地だ。ジオン軍の管理下にある基地ではあるが、戦略的価値はあまりありそうにはない。

もちろんキャリートン採掘基地がじつはジオン軍の物資集積所であったように、ここも同様の施設《しせつ》である可能性はある。とはいえ仮にそうだとしても疑問は残る。

アデレードを攻略《こうりゃく》する前ならばキャリートン基地の物資集積所もその戦術的価値を持っていた。しかし、アデレードが連邦軍の占領下《せんりょうか》にある今、ブロークン・ヒルに物資集積所があったとしてもその戦術的意味はあまりない。

なぜなら補給を行うべきジオン軍がすでにアデレード周辺にはいないはずだからだ。緊急事態など問題外だ。

スタンリー司令官は、そんなレイヤー中尉の考えを読んだかのように本題に入った。

「ブロークン・ヒル採掘基地に向かってもらうというのは、そこを攻略するためではない。あの基地そのものに価値はないからな。諸君らがこうして移動しているのは、ある部隊を追撃《ついげき》してもらいたいからだ」

「追撃すべき目標がブロークン・ヒル採掘基地に向かっているというのですね」

「それはわからん。ただ我々の入手した情報では、アデレード郊外《こうがい》からブロークン・ヒルの方角に移動していたということだ。たぶん最終的な目的地はヒューエンデンのＨＬＶ基地だと思われる。だがこの採掘基地で補給などを受ける可能性も否定はできない」

「確かにアデレード郊外からみれば、両者はほぼ同じ方角ですね。ですが、司令官。いったいそいつらは何者ですか？」

「レイヤー中尉、これは極秘《ごくひ》任務だ。君にはわかっている範囲《はんい》の情報は説明するが、君以外には敵の正体については他言無用だ。わかるな？」

「わかりました、ここから先の話は自分一人の胸におさめることにします」

「そうしてくれ。まず諸君らが追撃すべき相手はカリフォルニア基地から脱出《だっしゅつ》したジオン軍の特殊部隊だ。キシリア・ザビ直属の部隊だそうだ。名前はマッチモニードと言うらしい。アメリカに古くから伝わる怪物《かいぶつ》の名前だそうだ」

「キシリアの親衛隊ですか」

「まぁ、親衛隊とは名乗ってはおらんが、そんな類《たぐ》いだろう。君らが撃沈《げきちん》したユーコン級潜水《せんすい》艦《かん》とヘリコプターの残骸《ざんがい》を調査した結果わかったことだ」

「そうですか……」

レイヤー中尉の脳裏にレオン少尉の顔が浮《う》かぶ。ヘリコプターを撃墜《げきつい》しようとした時、可能な限り無傷で手に入れようとしたのがレオンだった。レイヤー中尉にはそれは単なる偶然《ぐうぜん》とは思えない。

しかし、それをスタンリー司令官に尋《たず》ねるわけにはいかなかった。司令官はレオンの正体について、知っても知らなくても、「Ｎｏ」としか答えないのは明らかだからだ。

「そのキシリア直属の特殊部隊を追撃するわけですね。ですが、なぜそれが緊急事態なのですか？　誰《だれ》かジオン軍の高官が亡命でもしようとしているとか？」

「なかなか想像力が豊かだな、中尉。じっさい亡命程度なら諸君らの手をわずらわせるまでもないよ。彼らが厄介《やっかい》なのは、『アスタロス』を持っていることだ」

「なんですか、その『アスタロス』というのは？」

「まだ回収したデータの解析《かいせき》段階で、すべてが判明しているわけではない。だがどうやら『アスタロス』とは一種の生物兵器であるらしい。マッチモニードはそれを輸送しているのだよ」

「生物兵器ですって。それはペストとか炭疽《たんそ》菌《きん》、あるいはウイルスですか」

「いや生物兵器といっても細菌《さいきん》兵器の類いではないのだ。そうした古典的な生物兵器とは異なる、まったく新しいタイプの生物兵器らしい。強《し》いて言うなら生物環境《かんきょう》兵器と呼ぶべきだろう」

「生物環境兵器？」

「具体的に何をどうする兵器なのか、残念ながら我々にもまだ正確なところは把握《はあく》できていない。ただどうやらそれは地球の生態系を破壊《はかい》する能力があるらしい」

「地球の生態系を破壊する……」

レイヤー中尉はその一言でわずかに残っていた眠気《ねむけ》も消し飛ぶような気がした。彼の故郷であるオーストラリア大陸は、すでにコロニー墜落《ついらく》により生態系に少なくない影響《えいきょう》を受けている。入植者達が数百年かけて砂漠化《さばくか》を防止し、緑地化に成功しかけた土地も、再び荒野《あれの》へと帰している。

それだけではない。カンガルーやコアラなどオーストラリアには独特の進化をとげた有袋類《ゆうたいるい》の存在が知られているが、それらの種《しゅ》がこの戦争でどれほどの影響を受けたかははかり知れない。戦争のために、誰もそうした種の調査は行っていなかったが、幾《いく》つかの種が絶滅《ぜつめつ》したのは間違《まちが》いないだろう。

生物が進化し、生態系を築くまでには億年単位の時間が必要だった。いや、入植者達が人間の生存に都合《つごう》よく自然を改造するだけでも、百年単位の時間が経過している。人間に害を加えない快適な森や草原は人間が長年かけて築き上げてきたものなのだ。

だがそれを破壊するにはコロニーの一つも落下させれば事足りる。それらの破壊は瞬時《しゅんじ》に終わった。

しかもこれはオーストラリア大陸だけの問題ではない。核兵器《かくへいき》や化学兵器こそ使用されてはいないものの、高度に発達した通常兵器は人間が快適に築き上げてきた自然環境を破壊するには十分な力を持っていた。

草原を焼き払《はら》い、河川を汚染《おせん》する。激戦のすえに地図から消えた都市は、地球全体で数え切れなかった。地球の生態系は、いま現在ですら深刻な状態にあったのだ。

しかもそれらは、建前《たてまえ》としては生態系への影響が少ないはずの通常兵器による損害だ。それでさえ状況《じょうきょう》は十分に悲観的なのだ。ここで生態系の破壊を意図《いと》する兵器が使用されたなら、地球連邦軍の敗北どころか地球そのものが人類の生存が不可能な星へとなりかねない。

「司令官、ジオン軍は本気でそんな兵器の使用を考えているのですか！　それはもはや軍事作戦ではなく、狂気による自殺行為《こうい》ではありませんか！」

「さすがにジオン軍も地球の生態系を破壊するつもりはないだろう。だがザビ家は何を考えているかわからん。マッチモニードはキシリアの直属部隊だ。自分たちの権力を維持《いじ》するためなら地球を破壊してもかまわないくらいのことを連中が考えたとしても不思議はないだろう」

「しかし、いくらザビ家でも……」

「中尉、悲しいことだが人類の戦争の歴史はそうした可能性が少なくないことを教えているんだ。デギン・ザビとよく比較《ひかく》されるヒトラーを見たまえ。彼は勝利の可能性がないことは一年も前からわかっていたはずなのに、ベルリンを占領されるまで闘《たたか》いを続けていた。しかもヒトラーはドイツ民族の滅亡《めつぼう》まで考えていた。ヒトラーが考えたことを、デギン・ザビが実行しないという保証はない。そう、その意味では確かに狂気の沙汰《さた》だな。これで状況は理解してくれたかね」

「はい、マッチモニードは我々が追撃・撃破《げきは》し、『アスタロス』は必ず破壊します」

「いや、中尉。『アスタロス』は可能な限り手に入れてくれ」

「どうしてです、司令官！　地球の生態系を完全に破壊するかもしれないのですよ」

「だから破壊してはならんのだ。おそらく『アスタロス』の現物は、マッチモニードが運んでいるサンプルがすべてだろう。だが本当にすべてであるという保証はない。もしも『アスタロス』のサンプルが他にもあり、それが使用された時、我々が気がついた時には手遅《ておく》れになっているかもしれんのだ。『アスタロス』を我々が入手し、その正体を分析《ぶんせき》できれば最悪の事態が生じた時でも、対策を立てることが可能だ」

「了解《りょうかい》しました。『ホワイト・ディンゴ』の名にかけて必ず任務を達成します」

「頼《たの》んだぞレイヤー中尉。では吉報を期待している」

吉報を期待しているという言葉で、スタンリー司令官は任務の困難さを表した。任務そのものに困難なところはないだろう。敵を追撃し、撃破するだけだ。問題は一つ、「アスタロス」

の存在だけだ。

——最悪の場合、自分の判断で「アスタロス」は焼却《しょうきゃく》しよう。

レイヤー中尉はそう決心していた。相手は正体不明の生物兵器。戦闘《せんとう》の渦中《かちゅう》に飛び散ったり、汚染される可能性だってある。「アスタロス」の正体を知らねばならないという司令官の意見はもっともだが、彼は命令を順守することで地球の生態系を破壊する危険はおかしたくなかった。

彼は通信室を出る。近くの窓はほのかに明るくなっていた。もうすぐ夜明けだ。

レイヤー中尉は窓から下を見る。ミデア輸送機はどうやらゆっくりと着陸態勢に入っているらしい。

彼の視界には赤茶けた大地に点々と水が溜《た》まっているのが見えた。一年前まではこの辺も草原だったはずだ。だがコロニー落下の影響が、草原を荒野《あれの》に変えてしまった。

くぼ地に水が溜まっているにもかかわらず、付近に植物は生えていない。水か土か、あるいは両方が汚染されているのだろう。もしも「アスタロス」が使用されれば、地球全体がこんな荒野になるかもしれない。

すでに人類はこの戦争で億単位の人口を失っている。戦争の結末が見えた今、地球にこれ以上の戦死者を出す余裕はない。

窓から見える景色が不意に変化した。朝日が昇《のぼ》ったのだ。たとえ荒野であっても、朝日に照らされた大地にはそれなりの美しさがあった。破滅《はめつ》の美だろうか。

だがレイヤー中尉はその光景に言いようのない悲しさを感じた。戦争に荷担しておきながら、いまさら奇麗事《きれいごと》を言うつもりはない。だがこれほどの災厄《さいやく》をもたらしながら、なお戦争に勝つためだけに生態系を破壊しようと考える人間がいる。

——人間とはどこまで愚《おろ》かになれるものなのか。

レイヤー中尉はまだ見ぬマッチモニードの連中に、憎《にく》しみよりも憐《あわ》れみを感じていた。ジオンの敗北という現実を直視する勇気がないばかりに、彼らは「アスタロス」を運んでいるのだろう。わずかな人間達に勇気が欠けているために世界が破滅の縁《ふち》にいるとしたら、それにまさる悲劇はない。

ただレイヤー中尉は憐れみと共に、ある種の不公平感も感じていた。「アスタロス」を運んでいる当事者達より、それを追う自分達の方が、問題の重大さを認識していることへの不公平感だ。

「これも現実か」

レイヤー中尉は逃《に》げるわけにはいかなかった。追われる者より追う側の方が辛《つら》い。彼はそんなことをふと考えた。

「隊長、その特殊部隊ってのは、どれくらいの兵力なんですか？」

「マイクには残念だが、敵部隊についての情報はほとんどないに等しい。ただジオンのユーコン級潜水艦《せんすいかん》でここまで来たからには、モビルスーツ五機以上の戦力ではないだろう。そうなると部隊規模も必然的に限られてくるんじゃないか」

「二個小隊か、せいぜい一個中隊ってところですかね」

「まぁ、そんなものだろう」

「隊長、一つ気になるんですが」

「なんだレオン」

レイヤー中尉は辛《かろ》うじて平静さを装うことができた。いままでの出来事から想像すれば、レオン少尉《しょうい》は連邦軍《れんぽうぐん》の情報畑の人間か、それに関係があるはずだった。いまのところ「アスタロス」に関しては、部下達にはジオンの新兵器としか説明していない。

だがアニタやマイクはともかく、何も知らない顔をしているがレオンはその正体を知っているような気がしてならなかった。それだけに彼が口を開くと、レイヤー中尉は緊張《きんちょう》を抑《おさ》えることが難しくなった。

レオン少尉の正体によっては、「ホワイト・ディンゴ」は最早《もはや》部隊として機能しなくなるかも知れなかった。チームワークを失った特殊MS小隊など、烏合《うごう》の衆《しゅう》に過ぎないからだ。

その彼の一言で「ホワイト・ディンゴ」が解体することをレイヤー中尉は恐《おそ》れていたのだ。彼はそれが指揮官としての自分に確信がいだけないことの裏返しであることに、まだ気がついていない。

「どうして敵の特殊部隊は陸路を移動しているのでしょう?」

レイヤー中尉はその一言にほっとした。だがすぐにその意味するところを考えさせられた。

正体はなんであれ、レオン少尉が確かな戦術眼を持っていることだけは間違《まち》いないだろう。

「どうして陸路を移動するかって、そりゃぁ、陸を移動するしか他に方法がないからじゃないか」

「それはマイクのいうとおりだ。だがおかしくはないか。我々が連中を追撃《ついげき》しようとしているのは、敵が新兵器を持っているからだ。つまり連中は我々にとっては重要な目標ということになるだろう」

「そうだな、少なくとも『ホワイト・ディンゴ』を差し向けようというんだからな」

「だろう、マイク。でも考えてみろよ。我々はアデレードからここまでどうやってやってきた? 陸路を歩いてきたか? 違うだろう、我々は輸送機で運ばれてきたんだ。もしもマッチモニードとかいう特殊部隊がジオンにとって重要な部隊なら、陸路を移動せずに輸送機を差し向けるんじゃないか」

それはレイヤー中尉ですら気がつかなかった点だった。どうやら「アスタロス」のことで頭が一杯《いっぱい》になり、客観的にものを見られなくなっているのかもしれない。

——ということは、レオンは「アスタロス」が生物環境兵器であることをやはり知らないのか？

だとすれば、自分はとんでもない勘違《かんちが》いをしていたことになる。多少先が読めるというだけのことで、彼をスパイの類《たぐ》いかと疑っていたからだ。

――部下を信じることさえできずに、隊長をやっているのだから、俺《おれ》も大した奴《やつ》だな。

レイヤー中尉は自嘲的《じちょうてき》な気持ちになる。

「それって敵の新兵器が無価値だってこと？」

アニタが議論に加わった。アニタは自分の上官が自分と同様、レオンを疑っていることを知らない。おそらく彼女は内心でレイヤー中尉もマイク少尉も頼《たよ》りにならないと考えているだろう。

だが中核チームの四人の中で、二人が一人の仲間を疑うようなことを容認するわけにはいかないのだ。レイヤー中尉は、自分がある意味でアニタとレオンの二人を欺《あざむ》いていることに気がつく。

個々の部下には良い上官であるかのように振《ふ》る舞《ま》い、そうやってチームワークを成り立たせる。彼は自分が酷《ひど》く汚《きたな》い人間に思えてきた。

「少なくとも輸送機を手配するほど重要ではないのかもしれないだろう。彼らだって輸送機は必要だろうからね」

「それは逆かもよ、レオン」

「逆だって？」

「いまオーストラリア大陸の制空権は混沌《こんとん》としているわ。特にジオン軍が次々と撤退《てったい》している今、彼らが制空権を確保している場所は限られている。マッチモニードの最終目的地がどこであれ、いま残っているジオン軍の主要な拠点《きょてん》は激戦地になってるわ。重要な物資こそ、輸送機では運べないじゃない。撃墜される可能性はゼロじゃないわよ」

「陸路なら安全というのかい」

「そうね、例えばオアシスの装備で言わせてもらうなら、上空の敵機を発見する方が、地上を移動するモビルスーツを発見するよりも簡単よ。オアシスのセンサーでは地平線の彼方《かなた》までわからないけど、高空を飛行する敵機なら一〇〇キロ先からでも発見可能よ」

「でもよう、アニタ。補給はどうするんだ？　特殊部隊か何か知らないが、陸路を何の支援《しえん》もなく移動するのは無茶じゃないか」

「たぶんマイクの意見が正解だろうな」

レイヤー中尉はそこから部下達の議論に加わった。レオンの疑問は彼にも腑《ふ》に落ちなかったことだ。しかし、部下達の議論を聞いて、彼は一つの結論を得ていた。

「みんなキャリートンの採掘《さいくつ》基地のことを覚えているか？」

「ええ、あの物資集積所だった鉱山跡《あと》でしたよね」

「そうだマイク。いいか、マッチモニードは報告によればブロークン・ヒルに向かっている。

戦略的に無価値な小さな鉱山基地だが……」

「あっ、そうなのね。つまりブロークン・ヒルの鉱山基地も物資集積所であるかも……」

「気がついたようだな、アニタ。そうだブロークン・ヒルの鉱山が物資集積所であれば、君たちの疑問はすべて氷解する。撃墜されないために空路を避《さ》け、陸路を移動したマッチモニードは、必要な補給を受けるためにブロークン・ヒルの採掘基地に向かっているわけだ」

レイヤー中尉はそう自分の考えを説明しながらも、部下達を誇《ほこ》りたい気持ちになっていた。彼らとの会話で得られることは多い。まとまらない考えや疑問が、こうした議論の中で氷解したことも一度や二度ではない。

こういう時、彼の気持ちは揺《ゆ》れる。レオンが何者であろうとも、そんなことはどうでも良いじゃないか。彼もまた優秀《ゆうしゅう》な部下なのだ。

だがやはりレイヤー中尉には、このことをどうでも良いとは放置できなかった。この問題を放置することは、けっきょくなれあいでしかない。そしてなれあいに命を預けることも、預けられることも彼にはやはり我慢《がまん》できなかったのだ。

しかし、隊長として任務を実行するのに必要ならば、あえてなれあうことも必要だった。彼は指揮官であり、軍人なのだ。

――敵は補給を受けるためにブロークン・ヒルの物資集積所に向かっている。

特殊遊撃MS小隊「ホワイト・ディンゴ」の面々は、マッチモニードの動きについて一つの仮説を立てていた。それはあくまでも仮説に過ぎないが、過去の経験から考えて信憑性《しんぴょうせい》は高いと思われた。果たして――。

「隊長、センサーに反応があります。複数のモビルスーツが前方に潜《ひそ》んでいます！」

「追いついたか」

レイヤー中尉はそうコクピットの中で呟《つぶや》くと、素早くオアシスに確認する。

「前方に潜んでいるとはどういうことだ？　移動しているのではないのか」

「赤外線センサーによれば熱源のパターンは明らかにモビルスーツです。たぶん、ザクおよびグフだと思われます」

「アニタ、敵の特殊部隊はドムとかいうモビルスーツで移動してるって噂《うわさ》だぞ」

「しょうがないじゃないの、レオン。オアシスのデータベースにはドムのデータはまだ送られていないんだから。オーストラリア大陸ではドムなんかついぞお目にかかったことのない型なんだからさ。コンピュータにはドムだってザクとかグフとかしか判断できないのよ」

「なるほど、データベースというのはそういうものなのか」

「そういうものなの。それで隊長、前方に潜んでいるというのは熱源パターンからの類推です。それによればモビルスーツは我々に対して背中を向けてはいないようです」

「つまり逃げていない。向かい合ってるわけだな。それで前方に潜んでいるということか」

「過去のパターンから考えるなら間違いないはずです。もっとも相手がドムだったらわかりませんけどね！」

待ち伏《ぶ》せされるというのは、レイヤー中尉にとってはいささか意外な展開だった。こちらが一方的に追撃すると思いこんでいたせいもあるが、待ち伏せるということは追撃に気がついたということでもある。どうして気がつかれたのか、それがわからない。

「待ち伏せってことは、俺達が追ってるってことを連中にさとられたのか」

「いや、マイク、もしかすると、本当にブロークン・ヒルには物資集積所があるかもしれないわよ」

「どういうことだ、アニタ？」

「簡単なことです、隊長。ミデア輸送機です。ここにジオン軍の補給基地のようなものがあれば、航空警戒《けいかい》は為《な》されているはずです。ミノフスキー粒子《りゅうし》のせいでレーダーは信用できませんが、鉱山の山頂に精度の高い光学センサーを設置すれば、そうとう広範囲《こうはんい》な対空警戒は可能なはずです」

「そうか、ミデア輸送機がこの付近に着陸すれば誰だって追撃隊の可能性を疑うか」

それがたぶん妥当《だとう》な解釈《かいしゃく》だろう。戦略的価値のない基地としてブロークン・ヒルの採掘基地は扱《あつか》われてきたが、それだけにここの戦備についてはまともに検討されてこなかった。どうやらその報いがきたらしい。

「アニタ、敵の数は幾《いく》つだ？」

「確認できたものは六機です！」

「六機だと、おいアニタ、一機多くないか？」

「だったら自分で確認しなさいよ、あんたフォワードでしょ！……てっ、敵部隊動きだしました！」

オアシスからはリアルタイムでデータが送られ、各自のコクピットに表示されていた。モビルスーツの種類や動きはそれを見ればすぐに把握《はあく》できた。

――ジオンのパイロットは着実に腕《うで》をあげているな。

レイヤー中尉は敵にもかかわらず、なぜかジオン軍のパイロットたちが戦闘《せんとう》のたびに成長していることを嬉《うれ》しく感じていた。それは驕《おご》りなのか、ある種の同胞《どうほう》意識なのかは彼にもよくわからない。

ブロークン・ヒルの近郊《きんこう》は、そこが鉱山であることからもわかるように、オーストラリア大陸の中でも比較的《ひかくてき》起伏《きふく》にとんだ地形をしていた。そのためモビルスーツ同士の闘いにどうしても制約があった。

敵の六機のモビルスーツは、本来なら集中して攻撃をかけたいようだった。六機の動きには明らかに集団としての意思が感じられたからだ。

しかし、地形が起伏にとんでいるため六機が集中して行動することは難しかった。これに対して「ホワイト・ディンゴ」のジムは全部で三機。チームとして動くには彼らの方が矮小《わいしょう》な地形では有利であった。

数ではジオンが有利であり、またチームでの戦闘法についてもマスターしつつあるようだったが、地形がそれを相殺《そうさい》する。矮小な地形のために、彼らは数の優位を活用できないでいた。

「敵はザク三、グフ三です」

レイヤー中尉が彼らの技量の向上を感じたのは、その編成だった。以前とは違って、ザクはザクと、グフはグフとで二機一組で組ませていた。残りのザクとグフはあえて対《つい》にさせず、それぞれの組のサポートに当たっているらしい。矮小な地形を考えると、よくできたフォーメーションといって良い。

「サポート、フォワードに前進してください！」

オアシスからの指示を聞く前に、レイヤー中尉はコクピットのデータを見ただけで飛び出していた。

ザク三機とグフ三機は途中《とちゅう》までは同じ機動力で前進していたが、ここにきて三機のグフは急激に速度をあげはじめた。三機のザクは正面から迫《せま》り、グフは左翼《さよく》側を迂回《うかい》して後方に回り込《こ》むつもりらしい。

マイクは自分を迂回しようとするグフにはあえて手を出さず、正面から接近するザクを受け止めた。下手《へた》にグフに手を出せば、その時点で挟撃《きょうげき》されてしまうからだ。

普段《ふだん》は軽口をたたいているだけに見えて、さすがにマイクもとっさの判断は的確だった。同時にそれはレイヤー中尉への信頼《しんらい》の形でもある。マイクの側背を守るのはレイヤー中尉のジムだからだ。

三機のグフは猛烈《もうれつ》な勢いで突進《とっしん》してきた。それらを十分に引きつけたのち、中尉は急速に後退をはじめた。グフ達はジムの予想外の機動力に驚いたらしい。レイヤー中尉のように新型のジムだからこそ可能な芸当だ。

慣性がついていることもあってか、グフは強引《ごういん》にジムとの間合いを詰《つ》めようとした。だがここで彼らはザク隊との距離《きょり》が開き過ぎたことに気がつくべきだった。

もっとも、機動力を有するモビルスーツ同士の戦闘では、こうした間隙《かんげき》が生じるのは瞬時《しゅんじ》に過ぎない。だがエースパイロットはこうした間隙の瞬間を見逃《みのが》さない。見逃さないから生き延びている。

三機のグフのうち、まず最後尾のグフがビームライフルにより撃《う》ち抜《ぬ》かれた。

「いいぞ、レオン！」

マイクの判断同様、レオンの判断にも間違いはない。位置的に彼は短時間ながら戦闘に参加できない。だが敵の配置を読んだ時から、彼は自分の動きを決めていたのだ。

背後を襲《おそ》われたことが、残った二機のグフのパイロットの判断を狂わせる。彼らの注意はここで前と後ろに分散された。ここで彼らを惑《まど》わせたのはレオンの行動だった。レオンはそのまま前進すると、今度はフォワードのマイクの支援に向かったのである。

二機のグフの連携《れんけい》は、ここで崩《くず》れた。そしてそれが彼らにとっての命取りになる。レイヤー中尉はまずもっとも近いグフに対して体当たりをかけるように接近した。グフのパイロットは急な機動でそれを回避《かいひ》する。だがレイヤー中尉はそれを待っていた。

回避したグフはそのまま後方を前進するが、再びレイヤー中尉まで反転するにはどうしても時間がかかる。そしてレイヤー中尉は過ぎ去ったグフの後ろのグフに対して一挙に間合いを詰めると、そのコクピットにビームサーベルをたたき込んだ。

いまや一機となったグフは、ようやく針路を変更《へんこう》することができた。だが彼は敵をレイヤー中尉一人と思いこんだところに最大の失敗があった。レオンと共に三機のザクを倒《たお》したマイクのビームライフルは、まっすぐにグフに照準を当てていた。

グフがレイヤー中尉めがけて間合いを詰めようとした瞬間、一条の粒子ビームがグフを貫《つらぬ》いた。グフはレイヤー中尉に触《ふ》れることすらできないまま、倒れてしまった。

「敵モビルスーツ隊、全滅《ぜんめつ》しました。隊長、これが例のマッチモニードという特殊部隊でしょうか？」

「それはわからん。闘い方はかなりチームワークが取れているようだったが、オーストラリアのジオン軍が腕を上げたとも考えられるからな。アニタ、すぐに調査隊を呼んでくれ。こいつらの正体は、調査隊が調べてくれるはずだ」

レイヤー中尉らが驚いたことに、調査隊の大型ヘリコプターは、オアシスの連絡《れんらく》から一時間もしないうちに現れた。ヘリコプターは一機だけだが、すぐに後続の本隊がこちらに向かっているらしい。

「わかりました」

「調査隊の皆さん、随分《ずいぶん》はやいお越《こ》しですねぇ、隊長」

「どうやら我々も彼らに監視されていたようだな」

「監視ですって！」

「まぁ、監視という表現が不適当なら我々の後方で待機していたとでもなるかな。ジオン軍の新兵器には連邦軍も神経を尖《とが》らせているからな。万が一にも我々が任務に失敗したら、すぐさま次の手をうたねばなるまい。たぶん彼らはそのために我々の後方で待機していたんだろう」

「でもやってることは監視ですよね、隊長？」

「敵軍のな、我々ではなく」

U.C.0079年12月25日深夜

「本当にこんな場所に友軍がいるの？」

ジョコンダ少尉《しょうい》は、運転しているティナ軍曹《ぐんそう》に不審《ふしん》そうな表情を向けた。彼女たちはエレカーでブロークン・ヒルの採掘基地《さいくつ》へと向かっていた。

道中は決して楽ではなかった。アデレードからは、連邦軍《れんぽうぐん》の占領も完璧《かんぺき》ではなかったため、エレカー一台なら何とか脱出《だっしゅつ》することもできた。だが脱出してからの道中は簡単ではなかった。

エレカーのエネルギーも補給せねばならず、食料や水も手に入れねばならない。危険を承知で連邦軍のキャンプから必要な物資を盗《ぬす》み出すようなことさえ、彼女たちは行ってきた。

今乗っているエレカーも最初に乗っていたものとは違《ちが》う。動力の切れたエレカーを捨《す》て、連邦軍のものを盗み出してきたのだ。彼女たちが忍《しの》びこんだ連邦軍のキャンプは、物資の補充が十分ではないらしく、車輌《しゃりょう》にはジオン軍からの鹵獲品《ろかくひん》に連邦のマークを描《えが》いて使っていた。

だから彼女らは連邦軍から盗みはしたものの、乗っているのはジオン軍のエレカーだった。

これだと盗みをしても罪悪感を感じないから不思議だ。

こうした道中の過程で、最初は主導権を握《にぎ》っていたはずのティナ軍曹は、いつしかジョコンダ少尉の指示に従うようになっていた。危機がジョコンダ少尉を成長させたらしい。士官など馬鹿の集まりと思っていたティナ軍曹も、そんな少尉を見ると、士官には士官なりの存在価値があるのを認めざるをえなかった。

「ええ、ここにジオンの物資集積所があるはずなんですけど。アデレードが陥落《かんらく》した場合、脱出可能な者はここへ集結するよう命じられていたんです」

そう説明するティナ軍曹の声はだんだん小さくなっていった。深夜とはいえブロークン・ヒルの採掘基地には人間がいる気配がまるで感じられなかったからだ。

「おかしいわ……」

夜間ではあるが、エレカーのヘッドライトは必要最小限な範囲《はんい》を照らすだけに絞《しぼ》られている。それでも基地に人がいれば何か反応があるはずだが、何もない。

「ちょっと軍曹、止めて！」

ジョコンダ少尉はエレカーが止まるか止まらないかのうちに、飛び降りると、懐中《かいちゅう》電灯で地面を照らした。

「どうしたんですか、少尉？」

「どうやら一足遅《おそ》かったみたいね。見て、大型車輛の轍《わだち》の跡《あと》よ。これだけ深いというのは、かなりの重量を運んでいるってことね。しかもタイヤの跡から判断すれば、これは運び込んだのではなく、ここから運び出したのよ。大量の物資をね。ごらんなさい、こんな轍が幾《いく》つもあるわよ。しかもできたばかりのが」

「撤退したっていうの？」

「たぶんそうでしょう。捕虜《ほりょ》の口から集積所のことが漏《も》れたのか、それとも連邦軍がこの辺まで現れて危険と判断されたのか。たぶんそのどちらかね」

「どうする？」

「追いましょう、他に行くところもないんだし。運さえあれば、明日の今ごろはベッドで安心して眠《ねむ》れるわよ」

「その前にあたしはシャワーを浴びたいですけどね」

「だったら前進よ！」

　エレカーは轍の跡を追いながら、可能な限りの速度で進む。どうやら大型軍用トラックは危険分散のためか、四方に散っていた。だがティナ軍曹は勘《かん》でその中の轍の一つを選ぶ。結果がどうなるかは、彼女の運次第であった。

「ねぇ、何か聞こえない？」

「えっ、なんですか？」

「飛行機みたいな音」

　ジョコンダ少尉が振《ふ》り向くと、彼女たちの後方を一機の航空機が飛んでいる。機種は不明だが、ヘリコプターでも輸送機でもないのは確かである。

「敵か味方かわかりますか？」

「わかるわけないじゃない、私は潜水艦《せんすいかん》に乗ってたのよ。あぁ、赤外線暗視装置でもあれば識別できるんだけど」

「あちらさんが持ってるかも」

「なら余計まずいわよ。この車、ジオンの車輛に連邦のマークをつけてるのよ。どっちの飛行機でも怪《あや》しまれるわ！」

じっさいジョコンダ少尉の考えは正しかったらしい。その機体は急に高度を下げると、地面に触れそうな程の低空を飛行したまま、彼女たちの車の上を通り過ぎた。

ブーメランのようなその機体は無尾翼《むびよく》の偵察機《ていさつき》らしかったが、機体後尾には機銃座《きじゆうざ》のシルエットがはっきりと見えた。

「少尉、前！」

彼女たちは比較的平坦《ひかくてきへいたん》な土地を走っていたが、その機体は垂直離着陸《りちやくりく》能力もあるらしく、車輌の通行を防ぐ形で着陸した。

「軍曹、拳銃《けんじゆう》ある？」

「まさか、あれと一戦交えるんじゃ」

「必要ならね。心配しないで、今以上に状況《じようきよう》は悪化しないわ。うまくゆけば、あの機体は私達のもの。あなた飛行機の操縦ができたといったわよね？」

「言いましたけど……」

「なら、決まりね」

そう言いながらジョコンダ少尉は一人二丁、合計四丁の拳銃にマガジンを込め、安全装置を確認する。

「おい、お前たちもアデレードから脱出したのか？」

パイロットらしい男は暗闇《くらやみ》の中でそう声をかけてきた。どうやら赤外線暗視装置か何かをしているらしい。

「ジオン兵？」

ジョコンダ少尉は両手に拳銃をつかみながら尋《たず》ねる。

「そうだ、オクトパス……っても知らないか。輸送部隊の者だ！」

「輸送部隊！　あなたたちがここの物資集積所を……」

「あぁ、朝っぱらからここに攻撃《こうげき》をかけようとした連邦軍の部隊があってな。キャリートンの二の舞はごめんだからな。大急ぎで引き払ったんだよ。もしかして驚いた？」

「驚いたわよ。ここに来れば友軍と合流できると思っていたんだから」

「ならあんた達は最高に幸運だ。俺達は撤収《てっしゅう》後のブロークン・ヒルの状況を偵察《ていさつ》するために飛んできたんだ。友軍が残っていないかとか、連邦軍の動きを調べるためにな。おかげで無線でそちらに確認もできなかったってわけだ。で、どうする、乗ってくかい？」

「もちろんよ」

喜ぶティナ軍曹を尻目《しりめ》に、ジョコンダ少尉は尋ねた。

「それで、目的地は？」

「この機体はとりあえず野戦基地に戻《もど》るが、最終目的地は……」

「最終目的地は？」

「ヒューエンデンのＨＬＶ基地だ」

第二章　トリントン基地

U.C.0079年12月26日

調査隊からの報告が届いたと聞いた時、レイヤー中尉《ちゅうい》はまさかそれが彼の専用回線でスタンリー大佐直々《じきじき》になされるとは予想もしていなかった。

ただそれが深夜になされた点で、彼には通信の内容がなんとなく予想できるような気がしていた。緊急《きんきゅう》の任務もなしに、こんな時間に通信はこない。

「ホワイト・ディンゴ」はブロークン・ヒルの戦場から比較的《ひかくてき》近い平坦地《へいたんち》で休養をとっていた。休養というよりも待機状態というのが正しいかもしれない。

昨日——時計の針は日付を改めたばかりだが——撃破《げきは》した部隊が何者であるか。その正体がわからなければ、「ホワイト・ディンゴ」も動きようがない。相手がマッチモニードで「アスタロス」の回収に成功すれば、新たな任務が彼らを待っている。もしも違《ちが》う部隊なら、彼らは再度追撃戦《ついげきせん》を行わねばならないのである。

いつものようにミデア輸送機の専用の通信ブースに入る。必要なＩＤやパスワードを打ちこむと、すぐさまスタンリー大佐が現れた。

「中尉、こんな時間にすまんな」

「例の敵はマッチモニードではなかったのですか？」

「ほう、どうしてわかったのだね？」

「連中がジオン軍の特殊《とくしゅ》部隊マッチモニードでなければ、司令官がこんな時間に通信を入れることもないはずですから」

「あいかわらず鋭《するど》いな。そう、君の言う通りだ。あの部隊はマッチモニードではなかった。ただモビルスーツの残骸《ざんがい》を調査した限りでは、あの部隊はどうやら臨時編成の部隊のようだ。モビルスーツの一部は北米カリフォルニア基地のものと判明した」

「カリフォルニア基地のモビルスーツ……やはりマッチモニードですか？」

「難しい問題だな。カリフォルニア基地から脱出《だっしゅつ》したのはマッチモニードだけとは限らん。それにカリフォルニア基地からオーストラリアに向けて物資が移動していることも考えられる。だが彼らは陽動部隊であり、本隊であるマッチモニードを逃《に》がそうとしたとも考えられる」

「司令官のお考えは？」

「恐《おそ》らく後者だろう。調査隊は念のため航空偵察《ていさつ》によりブロークン・ヒルの採掘《さいくつ》基地の様子を探ってみたが、大規模な部隊が活動している痕跡《こんせき》は見つからなかったそうだ」

「つまり物資集積所がブロークン・ヒルにあるという仮説は間違《まちが》いだと」

「少なくとも、航空機からそうした基地があるという証拠《しょうこ》は見つけ出せなかった。連中が物資ごと逃げだしでもしないかぎり、あそこに物資集積所があったとは考えられん。そうであれば君らが闘《たたか》った部隊は陽動部隊と考えるのが妥当《だとう》だろう」

レイヤー中尉は鉱山跡地《あとち》の物資集積所が航空偵察でそんなに簡単に発見できるのか、正直なところ疑問であった。地上での偵察と上空からの偵察ではまるで様相が違うことは珍《めずら》しくない。

だがここで彼は気がついた。調査隊は「アスタロス」を追っているのであって、あるかどうかもわからない物資集積所を探しているわけではない。彼らにとっては、航空偵察をしただけでも十分すぎるのだろう。

「あの部隊が陽動だとして、それでは本隊は？　司令官の要件もそれに関することではありませんか？」

「中尉、君が相手だと話が進んで助かるよ。そう、君の言う通りだ。こんどこそ我々はマッチモニードの本隊と思われる部隊を発見できた」

「どこに連中はいるんですか？」

「先ほど報告があった。トリントン基地をモビルスーツを主体とするある部隊が攻撃《こうげき》している。その部隊はドムで攻撃をかけているそうだ。現段階において我々はオーストラリアのジオン軍がドムを運用しているという事実はつかんでいない」

「つまりそのドムを操っている敵部隊がマッチモニードの本隊というわけですね。ですが司令官、私の記憶が確かならば、トリントン基地は後方支援《しえん》基地としても小規模な、ほとんど戦略的価値のない基地だったはずですが。それとも連中は、その基地で補給物資を手に入れようとしているのですか？」

スタンリー司令官はその質問に対して、すぐには返答しなかった。説明する必要性は認めながらも、なお説明せずに済ませる方法を模索《もさく》しているようにもレイヤー中尉には思われた。

「それでは説明しよう。中尉、これから私が話すことは連邦軍《れんぽうぐん》の最高軍事機密だ。任務遂行《すいこう》上、君たちには必要な情報と判断して説明するが決して他言は無用だ。万が一にも外部にこのことが漏《も》れた場合、君たちは軍法会議にかけられることを覚悟《かくご》してもらいたい」

スタンリー司令官がそういうと、画面は何かの記録映像のようなものに変わった。それはどうやらどこかの連邦軍基地らしい。話の流れからすればトリントン基地だろう。

基地の近くにはミデア輸送機が着陸していた。周囲の風景はかなり荒廃《こうはい》している。トリントン基地はシドニーとも距離的《きよりてき》に近い。それから考えるなら、撮影《さつえい》時期はコロニー落下の後だろう。

画面を見てレイヤー中尉が最初に感じたのは、その警備の異様なまでの物々しさだった。ミデア輸送機の周囲や施設《しせつ》の要所要所には銃《じゅう》を構えた兵士が警戒《けいかい》にあたっていた。

だが記録映像の中心はそんな兵士達の存在を無視するかのように数人の男たちをとらえていた。彼らは何かドラム缶《かん》よりもやや小さいくらいの特殊な円筒形《えんとうけい》の金属ケースを専用コンテナに載《の》せながら、慎重《しんちょう》にそれを運んでいた。

「司令官、この金属ケースはもしかして……」

「そうだ中尉、君もこれでなぜ今回の任務が最高機密であるかわかっただろう。あの金属ケースの中には南極条約で禁止されている核兵器《かくへいき》が収められている」

「するとトリントン基地は……」

「君の考えどおりだ。トリントン基地は後方支援基地などではない。封印《ふういん》された核兵器の貯蔵施設なのだ」

「連邦軍がまだ核兵器を持っていたとは知りませんでした」

それはレイヤー中尉の本心だった。レイヤー中尉に限らない。地球連邦市民の多くがそう思っていただろう。ジオン軍と連邦軍の間で締結《ていけつ》された南極条約では、核兵器の使用が禁じられていた。理由は人類という種《しゅ》の存続を脅《おびや》かさないためである。

オーストラリアにコロニーが落下した後では、種の存続という一言は決して軽くない響《ひび》きを持っていた。この戦争では通常兵器しか使われてはいない。にもかかわらず、億単位の人命が失われ、地球環境《かんきょう》は一年前とは比較にならないほど荒廃《こうはい》した。

これにもしも核兵器の使用が認められれば、地球はほぼ完全に生物の生存に適さない惑星《わくせい》になっていただろう。この戦争で人類が学んだ一つの知恵が、まさに生態系の脆弱《ぜいじゃく》さなのだ。

オデッサ作戦でジオン軍が水爆《すいばく》を使用しようとしたという噂《うわさ》はあったが、真相は不明だ。いずれにせよ今日まで戦場で核兵器は使用されていない。レイヤー中尉はそれは使用すべき核兵器が存在しないためだとばかり思っていた。だがそれは違ったらしい。

「核兵器などすべて解体されたものだとばかり思っていました」

「君も噂くらい聞いているんじゃないか。オデッサ作戦で核兵器が使用されたことを。まぁ、幸いにも起爆《きばく》する直前にミサイルは撃破《げきは》されたので大事には至らなかったがね」

「ジオン軍が核兵器を！」

「市民の動揺《どうよう》を考慮《こうりょ》して、この件に関しては非公開となっておるがな。ともかくジオン軍は核兵器を保有していた。つまりそれこそが我々が核兵器をすべて解体しなかった理由だ」

だがレイヤー中尉はスタンリー大佐の説明が詭弁《きべん》に聞こえた。ジオンになぜ核兵器を保有したかと問えば、連邦が保有しているからと答えただろうからだ。結局は、ジオンも連邦も相手を信用していないが故に核兵器を密《ひそ》かに保有し続けたということだろう。

「連邦軍にとってトリントン基地の核兵器はいわば保険のようなものだ。ジオンが万が一にも核兵器の使用を仄《ほの》めかすような場合には、この核兵器の存在により、敵の意図《いと》を抑止《よくし》する。そのための核兵器だ」

スタンリー司令官は連邦の核兵器の平和的意図を強調する。だがそうすればするほど、レイヤー中尉には信憑性《しんぴょうせい》が失われるような気がした。ジオンの核兵器保有にしても保険という説明ができるからだ。

「しかし、司令官。なぜそれほど重要な装置をトリントン基地のような場所に保管していたのですか。もっと警備が厳重な基地に保管すれば、マッチモニードの攻撃などものの数ではないでしょう」

「ものが核兵器だ。秘密を知る人間は少なければ少ないほど良い。それに小さな基地ほど注意をひかないからな。もちろんトリントン基地の格納庫自体も堅牢《けんろう》な構造になっている。直撃《ちょくげき》以外の大抵《たいてい》の核攻撃にも耐《た》えられるだけの強度がある。そして内部に入るにはコンピュータ制御《せいぎょ》の特殊なロック機構を解除しなければならない」

「しかし、それではコンピュータロックだけが核兵器を管理していることになりはしませんか?」

「いや、その心配は無用だ。いや無用だったというべきか。トリントン基地は小規模な基地だが、その防衛は近くにあるチャールビル基地が行うことになっている。トリントン基地とチャールビル基地は専用回線で結ばれ、トリントン基地に何かがあれば、すぐにチャールビル基地の部隊が救援《きゅうえん》に駆《か》けつけることになっていた」

「なぜ過去形なのですか?」

「チャールビル基地は現在ジオン軍の猛攻《もうこう》を受け、トリントン基地の救援には向かえないからだ。チャールビル基地の攻撃とトリントン基地の攻撃に関係があるかどうかは残念ながらわかっていない。ジオン軍部隊がチャールビル基地を封鎖《ふうさ》している間に、マッチモニードがトリントン基地を襲撃《しゅうげき》するという計画かもしれない。あるいはチャールビル基地攻撃とトリントン基地攻撃はまったく独立した作戦かもしれない。いずれにせよチャールビル基地から兵力はトリントン基地には送れない。そして恐らく、マッチモニードはトリントン基地に核兵器が存在することを知っている」

「だから我々がトリントン基地に？」

「その通りだ。現在のような局面でこのような任務を任せられるのは君たち『ホワイト・ディンゴ』だけだからな。それにトリントン基地を襲撃している部隊はマッチモニードであるとみて間違いない。そうであれば核兵器防衛と『アスタロス』回収の両方を達成することができるだろう」

「一石二鳥ということですか」

「そういうことだ。中尉、やってくれるな？」

「わかりました、最善を尽《つ》くします」

「よろしく頼《たの》む。では、吉報を期待している」

画面からスタンリー大佐の姿は消えた。ただ彼の通信コンソールにはトリントン基地周辺の詳細《しょうさい》な地形図と、基地施設《しせつ》の構造図のファイルが転送されていた。

「生物兵器に核兵器か。厄介《やっかい》な任務ばかりがやってくるぜ」

だがレイヤー中尉はその厄介な任務から逃《のが》れるわけにはいかなかった。

「マッチモニードの連中がトリントン基地を襲《おそ》ってるんですか？」

「そうだマイク。まだマッチモニードだと決まったわけではないが、ドムを操る部隊だというからまず間違いあるまい」

レイヤー中尉は作戦のブリーフィングを行うために、レオン、マイク、アニタの三人をそれぞれのコクピットに就《つ》くように命じていた。普段《ふだん》はミデア輸送機の控《ひか》え室《しつ》でブリーフィングなどは行われるが、今回の任務はすべての面において極秘《ごくひ》だった。

そのため大事をとって控え室でのブリーフィングは行わず、各自のコクピットで作戦の説明を受けさせたのである。オアシスとジムの間の通信は複雑なスクランブルがかけられ、外部からの通信傍受《ぼうじゅ》はまず不可能だ。

それにこれは整備隊など支援に当たってくれるスタッフに対する配慮《はいりょ》でもあった。核兵器のことを偶然《ぐうぜん》耳にしただけで、その兵士は軍法会議にかけられかねないからだ。

「トリントン基地というと、連邦軍の核兵器が保管されている場所ですね」

レオン少尉《しょうい》があまりにも自然に核兵器という単語を口にしたために、最初はレイヤー中尉でさえ、彼が何のことを言っているのかわからなかった。そしてその意味がわかるに従い中尉は強いショックを受けていた。レオンがそれを知っているということは、秘密保持が問題になるだけではない。連邦軍の上層部にまでその責任問題は波及《はきゅう》する。

もちろん核兵器の存在については、レイヤー中尉もこの三人だけには説明する予定でいた。任務を行うにあたって、これは必要なことだ。だがそれをレオンが知っているとは……。

「ねぇ、レオン、あんた前にも噂だとかいいながら妙《みょう》な情報を知っていたけど、あんた本当に単なるモビルスーツのパイロットなの？」

レイヤー中尉が何等《なんら》かのフォローをする間もなく、アニタ軍曹《ぐんそう》は単刀直入に尋《たず》ねた。口調からすれば詰問《きつもん》したといっても過言ではないだろう。

「単なるモビルスーツパイロットには見えないかい？」

「見えないわね。少なくとも普通《ふつう》のモビルスーツパイロットはあなたみたいに怪《あや》しい行動はとらないわよ。マイクみたいに馬鹿はやってもね」

「なるほどなぁ。どうやらやはり僕《ぼく》は諜報畑《ちょうほうばたけ》には向いていないようだね」

「スパイだってことを認めるの？」

「そう。僕はジャブロー総司令本部直属の諜報員だ。任務はトリントン基地にある核兵器の秘密を守るためにある。あそこの核兵器の存在は絶対に秘密だからね。そのためには一部の権限に関しては、僕はスタンリー大佐よりも強いものを与《あた》えられているんだ」

「えぇっ、核兵器なんかまだ残っていたのかよ……しかもレオンは司令部直属の諜報員だって……何がどうなってるんだ……」

「核兵器なんて……あんなもの全部解体されたとばかり思っていたわ。そう、だからあなたが送られてきたのね」

「アニタの言う通り、ほとんどの核兵器は解体された。だが全部ではない。だから僕がオーストラリア大陸に派遣《はけん》されてきたわけだ。実を言えば、こうして身分を明かすのも軍法会議ものなんだ。だがみんなには本当のことを言っておこう。仲間だからな」

「軍法会議？　レオン少尉、君は何を言っているんだ？　トリントン基地に核兵器が保管されていることは、私がいま今回の作戦計画の中で説明したばかりだろう。この件はここにいる四人には公表して良いと、すでにスタンリー大佐から直々に許可は取っている。君の噂話がたまたまぎれ当たりしたくらいで、軍法会議など大袈裟《おおげさ》な。連邦軍《れんぽうぐん》は風説を相手にするほど暇《ひま》な軍隊じゃないんだ」

「隊長……」

「お前もとんだ食わせものだったんだな、レオン。どうしてうちの部隊ばかり変な任務が回されるのか不思議だったんだが、これで納得《なっとく》できたぜ。でもまぁ、なんだな秘密の一つもあったほうが、仲間にするには面白《おもしろ》みがあっていいや」

「そうよ、それに『ホワイト・ディンゴ』って変な奴《やつ》ばかりが集まってるんだから、諜報員の一人や二人いたっておかしくないわよね」

「おい、その変な奴って俺《おれ》も入ってるのかよ、アニタ？」

「マイク、あなた『ホワイト・ディンゴ』の中では変な奴の筆頭よ」

ブリーフィングはいつしか作戦の説明ではなく、軽口のたたき合いになっていた。しかし、レイヤー中尉には彼らの気持ちは理解できた。アニタにしろマイクにしろ、レオンが総司令部直属の諜報員であったという事実をどう自分の気持ちと折り合いをつけるべきか、わからないからだ。

レオンは仲間だ。しかし、理由はどうあれ、仲間に騙《だま》されていたというのも事実である。だがレオンは軍法会議にかけられかねなかったにもかかわらず、自分の正体を明かしてくれた。

コクピットのスピーカーからは笑い声しか聞こえない。馬鹿の言い合いには珍《めずら》しくレオンの声も混ざっていた。

――けっきょく奴も最初からチームの一員だったわけか。

レイヤー中尉は、そのことを考えると、いままでの激戦の疲《つか》れが芯《しん》から抜《ぬ》けてゆくような気がした。ふと気がつくと、コンソールに呼び出しアイコンが点滅《てんめつ》している。それはレオンからの専用回線だった。

レイヤー中尉が操作すると、コクピットの一角にレオンの姿が浮《う》かび上がる。

「隊長、どうも黙《だま》っていてすいません」

「君が謝ることはない。君は自分の任務を果たしていた、それで十分じゃないか」

「怒《おこ》っていらっしゃらないんですか？」

「君には何回か危ういところを助けられていたよな。命の恩人に怒る奴はいないさ。まぁ、一つだけ言わせてもらえば……」

「一つだけ……なんでしょう?」

「君はもしかすると諜報員よりも、モビルスーツパイロットの方が性《しょう》にあっているのかもしれないな」

「それは自分でも感じています。あっ、そうだ」

「なんだね?」

「さっきマイクが言っていたことですけど……」

「マイクの言っていたこと?」

「変な任務ばかり与えられるという話です。あれは彼の誤解です。僕が本来の任務で活動したのは、トリントン基地の核について具体的な危機が予想されるような場合だけです。『アスタロス』については予定外の任務になりましたけどね。でも、それ以外はあくまでも『ホワイト・ディンゴ』の一員として任務についていました」

「君が最善を尽《つ》くしていたことは、私も十分に承知している」

「隊長もね」

「はっ?」

「特殊遊撃《とくしゆゆうげき》MS小隊『ホワイト・ディンゴ』が次々と困難な任務に送られるのは、僕のせいじゃありません。隊長、あなたのせいです。スタンリー司令官は私が報告するたびに言ってました。レイヤー中尉率いる『ホワイト・ディンゴ』ならどんな任務でも安心して任せられるってね。だから我々は困難な任務を任されるんですよ」

「ありがとうというべきなのかな。どうやら私が誉《ほ》められているように聞こえるからな。信頼《しんらい》されている割には人使いが荒いような気もしないでもないが」

「信頼できる部下を死地に送りだすのが、スタンリー司令官なりの愛情表現らしいですよ」

「なるほどな、楽な任務が来るようになったら司令官に嫌《きら》われたって証拠《しょうこ》だな」

「でも隊長、これ以上は大佐に好かれないようにしてください。今度はどんな任務を与えられるかわかったものじゃないですから」

「あぁ、せいぜい嫌われるようにするさ」

そう言うとレイヤー中尉はレオンとの回線を切る。そして笑い声に満ちた回線に向かい合う。

「よしっ！　そこまでだ。全員これから本題に入る！　連邦軍の将来に関わる重要な任務だ！」

レイヤー中尉は精一杯《せいいっぱい》の威厳《いげん》を込めてマイクに向かう。だが妙に頬《ほお》が緩《ゆる》むのを抑《おさ》えることはできなかった。

——俺達はやはり、一つのチームだ。

U. C. 0079年12月26日

その時のジオン公国オーストラリア駐屯軍《ちゆうとんぐん》司令部はブリスベーンにあった。ヒューエンデンのHLV（Heavy Launch Vehicle）基地を必要な期間だけ確保するためには、連邦軍《れんぽうぐん》のチャールビル基地をたたいておく必要があった。ウォルター大佐以下の司令部幕僚《ばくりよう》は、ブリスベーンのジオン軍基地より、チャールビル基地攻撃《こうげき》の指揮を執《と》っていたのである。

「連中はトリントン基地へ向かっているだと!?」

ヒューエンデンのHLV基地でオクトパスの全体指揮を執っていたユライア中佐にとって、通信端末《たんまつ》の中のウォルター大佐の反応は予想通りのものだった。なぜなら彼も摩耶大尉《まやたいい》から同じ報告を受けた時に、同じ反応をしたからだ。

「連邦軍のトリントン基地と言えば、小規模な後方支援《しえん》基地だったな。戦略的には何の価値もない基地だったはずだぞ。どうしてそんな場所にマッチモニードの連中がいるんだ？　チャールビル基地攻撃に参戦もせんで」

「どうやらあちらさんは我々の知らない独自の判断で動いているようです」

「独自の判断とは何だ？　連中はヒューエンデンのHLV基地に向かっているのではないか？まさか我々の計画を……」

「いいえ、我々が連中の思惑《おもわく》を知らなかったように、連中も我々の計画は知らないはずです」

ウォルター大佐やユライア中佐にとって、ニアーライト少佐率いる特殊部隊マッチモニードは一言でいえば厄介者《やっかいもの》だった。突然《とつぜん》やってきて、自分達はキシリア直属部隊だからHLVに優先的に乗せろという要求だけでも十分に厄介者と呼ばれる資格がある。

しかも彼らは「アスタロス」なる生物環境《かんきょう》兵器まで運んでいた。そういうことが連中を増長させているのだろう。その増長癖《へき》のために彼らはジオン軍内のあちこちに敵を作っているらしい。

おかげで輸送していたユーコン隊に「アスタロス」のことを知られ、彼らにマッチモニードを出し抜《ぬ》こうなどという馬鹿な考えを実行させてしまうことになる。諜報《ちょうほう》には素人《しろうと》の彼らが無造作に送った暗号により、連邦軍がこの新兵器の存在を知ってしまうのは当然のこと。信頼筋《しんらいすじ》の情報では、連邦軍の一部の部隊が専従でこのマッチモニードを追っているらしい。

ウォルター大佐やユライア中佐にとって、「アスタロス」などどうでもよかった。だが連邦軍がマッチモニードの脱出《だっしゅつ》と自分たちの作戦計画を結びつけるのは、彼らとしても看過できることではない。連邦軍に余計な関心を抱《いだ》かせては、彼らの計画も水の泡《あわ》だ。

そこでウォルター大佐は、逆にこの厄介者部隊と「アスタロス」を自分達に都合よく利用することを考えた。つまりマッチモニードに独自の行動をとらせ、連邦軍の注意をそちらに集中させようというものだ。

現在のところこれはうまく行っているらしい。連邦軍はマッチモニードと、それに接触《せっしょく》しているジオン軍部隊の動向に神経を集中しているからだ。ブローグン・ヒルの物資集積所にしても、敵部隊は基地の近くまで接近しながら、交戦相手がマッチモニードではないことがわかると、早々に退散してしまった。おかげで大量の軍事物資は安全に移動することができていた。

だがここにきてマッチモニードが勝手な動きをしだすとは、ウォルター司令官らの計算外の出来事だった。

「まぁ、連中がトリントン基地を襲撃《しゅうげき》したところで、我々の計画はほぼ準備が整う段階にまで達してますが」

「東洋の諺《ことわざ》に、百里を行かんとする者は九十をもって半ばとせよというのがある。最終段階だからこそ、連中に勝手な真似《まね》をされては困るのだ。それにトリントン基地などマッチモニードの手にかかれば簡単に陥落《かんらく》するに決まっとる。そうなれば我々は本当に連中を宇宙に送りだす羽目になるぞ」

「それは確かに厄介ですな」

ウォルター大佐としては「アスタロス」を持ったまま、マッチモニードを宇宙に帰還《きかん》させるわけにはいかなかった。戦争の趨勢《すうせい》はすでに見えている。「アスタロス」がどんなものかは大佐もアウトラインはつかんでいた。だからこそ、彼はマッチモニードの地球脱出を阻止《そし》する決心を固めていたのである。

問題はマッチモニードではなく「アスタロス」にある。ザビ家があんなものを手にしたら、終わるはずの戦争も終わらない。彼らは「アスタロス」で戦争に勝利できると馬鹿な判断をするだろう。

彼らには連邦軍も同じ兵器が開発できるという単純な道理が理解できないのだ。嫌《いや》な事実から目を背《そむ》ける、それこそが古今東西の独裁者達の生態なのだから。

地球の生態系さえ破壊《はかい》できる兵器なら、コロニーの人工的な生態系など簡単に破壊できるだろう。ザビ家がどうなろうと知ったことではないが、何億人ものコロニーの住人達がザビ家の巻き添《ぞ》えになる必要はないのだ。

ウォルター大佐の計画では、マッチモニードはヒューエンデンのHLV基地に向かわせる前に、チャールビル基地攻略《こうりゃく》に参戦させるはずだった。

この基地は連邦軍の基地の中でも妙《みょう》な基地だった。ジオン軍のブリスベーン基地に対抗《たいこう》するつもりなのか、不自然な程に兵力が充実《じゅうじつ》しているのである。特に機動力に優《すぐ》れた部隊が多い。ただ兵力の割には鳴かず飛ばずで、ブリスベーンに積極的な攻勢《こうせい》をかけてきたことは一度もない。ただ基地自体は二四時間臨戦態勢にあるようだった。じっさいウォルター大佐はこの基地に猛《もう》攻撃を行っている最中だったが、基地はなかなか陥落《かんらく》しなかった。

そういう基地であるからエリート意識が濃厚《のうこう》なマッチモニードなら、支援を要請《ようせい》しても断ることはないだろう。そうして彼らを最前線に投入すれば、連中の部隊は致命的《ちめいてき》な打撃《だげき》を受けるはずだ。

何しろオーストラリアのジオン軍でドムを扱《あつか》うのはあの部隊だけだ。連邦軍が最重要目標でマークしている部隊なら、攻撃は熾烈《しれつ》を極めるだろう。まず部隊の生還《せいかん》は期しがたいと考えて間違《まちが》いない。

ウォルター大佐は壊滅《かいめつ》寸前のマッチモニードから「アスタロス」を取り上げ、処分するだけでよい。マッチモニードの人間は戦闘《せんとう》で失われるし、「アスタロス」そのものは処分されるから、連邦軍はジオン軍が生物環境兵器など開発していた証拠《しょうこ》を入手することができなくなる。

そしてキシリア直属部隊は、志願して激戦地に飛び込《こ》んだのだから、オーストラリア大陸のジオン軍が責めを負うこともない。ジオン軍が責めを負うこともない。その間に彼らは自分達の計画を実行できる。

それがウォルター大佐の計画だった。その間に彼らは自分達の計画の全貌《ぜんぼう》を知っている人間は、ユライア中佐他のごく限られた人間だ。そして作戦の直接指揮は彼が執《と》っていた。

考えようによっては酷《ひど》く冷酷《れいこく》な作戦だ。だが彼はその作戦の実行を躊躇《ためら》わなかった。彼はオーストラリア大陸におけるジオン軍の司令官であり、それ故に部下の生命や安全に関して責任がある。その責任を全《まっと》うするためなら、彼は可能な限りのことはするつもりだった。

大佐がこの作戦の直接指揮を執っているのもそのためだった。指揮を直接執るということは、責任は彼にあるということの証《あかし》でもある。それが彼なりの指揮官としてのけじめのつけかただった。

だがウォルター大佐の思惑とは裏腹に、マッチモニードの連中は何をとち狂ったかトリントン基地などを攻撃しているという。彼らの行動が理解できないだけに、大佐にはこの計画のズレが無視できなかった。こんなことが原因で、自分達の計画が予想もしない形でひっくり返されてはたまらない。

「あっ、摩耶大尉から報告です」

通信端末の信号を認め、ユライア中佐が飛びつく。中腰《ちゅうごし》のまま、彼は慣れた手つきでコンソールを操作する。人手が足りないジオン軍では、指揮官クラスでもこういうことは自分でやらないとならない。

ユライア中佐は事態をウォルター大佐ほど憂慮《ゆうりょ》はしていないらしい。それはそれで彼にも理解できないわけではない。

大佐の作戦には大量の物資の動員と移動、および最終局面では適切な配置が必要となる。それらの手配をユライア中佐は短時間のうちに、何とか実現可能な段階にまで立ち上げることに成功していた。彼にとっては、作戦はほぼ終わったも同様だ。

「何だ、妙に強度の高い暗号だな……」

ユライア中佐は、送られてきた通信文の内容に、いささか不審《ふしん》げに呟《つぶや》く。だいたいオクトパスの連中のやりとりは仲間うちの符丁《ふちょう》と、数字や統計の類《たぐ》いが行き来するばかりで、暗号にしなくても素人には判別不能だ。にもかかわらず摩耶大尉は何重にもスクランブルをかけた暗号を送ってきたらしい。

暗号はそれでも一分も経たないうちに復調される。そしてそれを読んだユライア中佐の表情がみるみる変化してゆくのが、ウォルター大佐にもわかった。

「どうしたのだ、ユーリ。また物資集積所でも破壊されたのか？」

「大佐、マッチモニードの馬鹿どもが何をやっているのかがわかりました。ったく……あいつらは人類を絶滅《ぜつめつ》させたいのか！」

ユライア中佐は、近くの椅子《いす》に倒《たお》れ込《こ》むように座り込み、肘《ひじ》をついて頭を抱《かか》えた。

大佐は端末をとおしてそんな中佐の様子に驚《おどろ》きながらも、彼から転送されてきた通信文を読む。

摩耶大尉からの通信自体は簡潔なものだった。そしてそれだけにその内容は間違いようのないものだった。彼は文面を三回は読み直したが、それが別の意味を現している証拠はやはり見つけられなかった。

『密《ひそ》かにコピーした特殊《とくしゅ》部隊のデータ・ファイル解読に成功。トリントン基地には連邦軍の最高機密である核兵器《かくへいき》の保管施設《しせつ》が存在する公算大。チャールビル基地はトリントン基地防衛のための存在。情報源はオデッサ戦役《せんえき》にてマ・クベ大佐がスパイとなっていた連邦軍高官より入手したもよう。信憑性《しんぴょうせい》は高いと思われる。マッチモニードは核兵器入手目的でオーストラリア大陸に脱出《だっしゅつ》』

ユライア中佐がいなければ、ウォルター大佐が椅子に倒れ込みたかった。それほどその文面

はショッキングなものだった。

「核兵器なんか……まだ残っていたのか」

サイド3をはじめとするスペースコロニーでは、太陽エネルギーと核融合《かくゆうごう》技術が文明を支えていた。そのため核分裂《かくぶんれつ》を利用した原子炉《げんしろ》などはすでに姿を消して久しい。原子炉がなければ製造できない核兵器もない。

もちろんウォルター大佐も軍人として核兵器がどんなものかは知っている。日本に行ったことのない彼ですら、広島・長崎の地名は繰《く》り返し聞かされていた。

だがそれらは大佐にとって、いや多くの人類にとって過去の歴史上の悲劇であった。核兵器廃絶《はいぜつ》に成功したというのは、人類にとって誇《ほこ》るべき偉業《いぎょう》と教えられてきたのである。それだけに彼には核兵器の存在という事実だけで十分にショックだった。だがそれ以上に衝撃的《しょうげきてき》なのは、同じジオン軍がそれを奪取《だっしゅ》しようとしていることだった。

「そういえば大佐、嘘《うそ》か本当か知りませんが、オデッサの戦役ではジオン軍が核兵器を使用したとか。連邦軍が撃墜《げきつい》したので作動するには至らなかったというのですが、この話が本当ならば解体されない核兵器がまだ残っていても不思議はありません。もちろん連邦軍による巧妙《こうみょう》な宣伝かもしれませんが」

「オデッサ作戦のジオン軍の指揮官はキシリアの腹心、マ・クベ大佐だ。戦争を楽しんでいる奴《やつ》みたいな男なら、躊躇《ちゅうちょ》せずに核のボタンを押《お》すだろう」

「ですがその核兵器はどこで手に入れたのですか？　開発能力はあるとしても、短期間に製造できるような兵器ではないでしょう」

「可能性はある。二〇世紀末から二一世紀初頭には幾《いく》つかの国々で核兵器の管理が杜撰《ずさん》になり、行方《ゆくえ》不明の核兵器も幾つかあるそうだ。奴は中央アジアからヨーロッパ方面を押さえていたからな。そんな行方不明の核兵器を発見し、使用可能にしたとすれば、奴が使おうとしても不思議はあるまい」

「失われた核兵器ですか……」

二人の軍人は、しばし沈黙する。自分達の目の前で封印《ふういん》され、忘れられていた太古の怪物《かいぶつ》を蘇《よみがえ》らせようという馬鹿がいるのだ。

「マッチモニードに核の奪取を成功させるわけにはいかん。キシリア配下のマ・クベが核を使ったとするならば、マッチモニードの連中が使わないという保証はない。いや、使うと考えるべきだろう。生物環境兵器などを後生大事に抱えている連中だからな」

「奪取させないとして、どうしますか？　チャールビル基地攻撃部隊から兵力を抽出《ちゅうしゅつ》でもしなければ、マッチモニード攻撃のための戦力は調達できませんが」

「そんなことはわかっておる！」

だがユライア中佐を怒鳴《どな》ったところで、事態は解決できないことはウォルター大佐にも良くわかっていた。

「……チャールビル基地はトリントン基地防衛のための部隊か……いや、ここで攻撃部隊を下《へ》手《た》に動かせば我々自体が挟撃《きょうげき》されてしまう……」

「そうか……」

ユライア中佐は何かを思いついたらしく、通信端末でどこかに何かを確認させているようだ。

「どうしたのだユーリ？」

「いえ、打開策を……チャールビル基地はトリントン基地防衛のための部隊だそうですが、連邦もあそこがいま使えないことは百も承知でしょう。ならば連邦軍がトリントン基地に対して部隊を動かしているはずです」

「そうか、その可能性を忘れていたな」

「どこの誰《だれ》かはわかりませんが、その部隊に対して我々は道を開けてやることはできるでしょう。その部隊に対してのみ、一切の抵抗《ていこう》を行わず素通りさせてやるんです。連邦がマッチモニードを撃破《げきは》してくれたら八方丸くおさまります」

「でかしたぞ、ユーリ！　あぁ、だがそんな都合の良い部隊が……」

大佐がそう口にしかけた時、早くも端末が反応した。ユライア中佐はすぐに内容を確認する。

「摩耶大尉からです。彼女の下の偵察《ていさつ》部隊が『ホワイト・ディンゴ』がトリントン基地に向かっているのを確認したそうです！」

「『ホワイト・ディンゴ』、なんだね、それは？　それはマッチモニードを撃破できる部隊なんだろうな？」

「連邦にとってもトリントン基地のことは緊急事態のはずです。弱い部隊なんぞ派遣《はけん》するわけがありません。それに『ホワイト・ディンゴ』は実力に関しては折り紙つきです。私は連中に二度にわたって痛い目にあってますからね」

「二度もかね？」

「連中が信じられない機動力で前進してきたのでアリス・スプリングスは予定よりも大幅《おおはば》に早く撤退《てったい》することになりました。キャリートン採掘《さいくつ》基地の物資集積所を完全に破壊してくれたのも彼らです。だから彼らの実力はこの私が保証します」

「ユーリがそうまでいうなら期待できそうだな」

「というか、現状では彼らしか……」

そこへ再度、摩耶大尉から報告が来た。ユライア中佐は、通信端末の画面を見ながら安堵《あんど》する。

「どうやら我々はそれほど運が悪くもないようです。『ホワイト・ディンゴ』には先を越《こ》されそうですが、トリントン基地にモビルスーツを一個小隊展開できるそうです」

「モビルスーツ一個小隊だと。そんな兵力がどうしてトリントン基地のそばにおるのだ？　チャールビル基地攻略にも参加せずに」

「損傷を受けて後方のデポにいた部隊です。うまい具合にカリフォルニア基地向けの最新鋭機材が回っていたので、修理の代わりにそれを受領させてたんですよ」

「最新鋭機材を持ったモビルスーツ小隊か。で、誰なんだねそれは？」

「『荒野《こうや》の迅雷《じんらい》』ことヴィッシュ・ドナヒュー中尉ですよ。いまは最新鋭《さいしんえい》モビルスーツ・ゲルググに乗ってます」

U.C. 0079年12月26日

「隊長、どうですか新型の調子は？」

ドナヒュー中尉のコクピットから部下の声がした。

「あぁ、順調だ。やはりパワーの違《ちが》いは大きいな」

「操縦はどうですか？」

「操縦か。そうだな、基本的にこのゲルググもザクも操縦手順はさほど変わらん。ただアビオニクスが改良されているのか、機体の即応性《そくおうせい》は高いな」

「いいなぁ……」

最後の「いいなぁ」は部下達が思わず呟《つぶや》いた言葉だろう。その気持ちはドナヒュー中尉にもわかる。パイロットとして、高性能の機体に憧《あこが》れるのは本能といってよい。

「そっちのグフはどうだ？」

「ええ、幾《いく》つか小さな改良点はあるようですが、まぁ、グフはグフです」

「改良されたグフか。良かったじゃないか。いままでのはザクだったんだからな」

「それはそうですけどね」

普通《ふつう》ならザクからグフに替わるのは嬉《うれ》しいものだが、さすがに目の前に最新鋭のゲルググがあると、たとえグフでも色あせてしまうのだろう。

「でも機械的信頼性《しんらいせい》はグフの方が上だろうな。こいつは新鋭機には違いないが先行試作機の一つで、しかも地上戦用にカスタマイズが施《ほどこ》されてる機体だ。案外とんでもないところに爆弾《ばくだん》を抱《かか》えているかもしれん」

「チャールビルに戻《もど》ってそれも確認するんですか？」

「そうなるな。それも指揮官の仕事の内だからな」


ドナヒュー中尉はアリス・スプリングスの撤退《てったい》作戦の指揮を執《と》った後は、各地を転戦しながらブリスベーン基地に部下の一部と共に移動していた。チャールビル基地の戦闘《せんとう》に参戦するためである。

ブリスベーン基地に到着《とうちゃく》するまで、彼は時に連邦軍《れんぽうぐん》の小規模な部隊と交戦しながら、部下達にチームで戦闘を行うことの重要性を実地で教えてきた。連邦軍の進出は激しく、撤退しながらの教育訓練を続けるという彼にとってはかなりハードな日々が続いていた。

時にはトラック数輛《すうりょう》の部隊に対して、一個小隊のモビルスーツで襲撃《しゅうげき》をかけたこともある。

そうやってチームの戦術を会得《えとく》させたのである。

最初はモビルスーツ二機一組で行動することからはじめ、やがて四機二組で一個小隊を編成し、小隊単位での戦闘へと進む。ドナヒュー隊の移動に伴《ともな》い、直接の部下以外にもそうした戦術を教えることも多かった。時には優秀《ゆうしゅう》な部下を各地の部隊に教官として残すことも行った。

彼にとって皮肉なことに、ジオン軍の敗色が濃《こ》くなったいまになって、パイロット達はチームで闘《たたか》うことの意味と戦術をマスターしつつあった。

こういうわけだからブリスベーンに着いた時、彼の部下は三分の一もいなかった。そして到着早々に彼がウォルター大佐に命じられたのは、パイロットの教育だった。連邦軍に『荒野《こうや》の迅雷《じんらい》』と恐《おそ》れられたドナヒュー中尉も、ブリスベーンではドナヒュー教官と呼ばれていた。

しかし、教官と呼ばれていた期間はごく短い。彼と部下達はチャールビル基地攻撃《こうげき》に参戦させられたからだ。

オーストラリア大陸のジオン軍でドナヒュー中尉ほどの技量を持ったエースパイロットはごく少ない。そのため彼は連日の出撃《しゅつげき》を強《し》いられていた。

これが連邦軍のパイロットだと、一日の出撃は通常は一回だけで、一度出撃すれば休養が認められていた。人的資源に勝《まさ》る連邦軍にはそれが可能な余裕《よゆう》がある。

しかし、ジオン軍には休養などの贅沢《ぜいたく》は許されない。特にエースパイロットは過酷《かこく》だ。朝出撃し、昼出撃し、状況《じょうきょう》次第で夕方にも出撃する。そしてもちろん翌日もこのパターンが続く。

モビルスーツ戦では、モビルスーツだけが撃破《げきは》されパイロットは無事というパターンも多い。連邦軍ならこの場合のパイロットは後方で静養させられる。だがジオン軍は違う。新しいモビルスーツを与えられて、翌日から出撃だ。ドナヒュー中尉自身、早朝の出撃で愛機を破壊され脱出《だっしゅつ》したところ、夕方には新しいモビルスーツで再度出撃させられたことがあった。

ジオン軍のモビルスーツパイロットには連邦軍よりもエースパイロットが多い。その理由の一端《いったん》はここにある。四六時中出撃させられるなら、エースパイロットにもなろうというものだ。

チャールビルの戦場もこの例外ではなかった。ドナヒュー中尉はやはり連日のように出撃し、ついに愛機を撃破されてしまった。もっともこれは彼の不覚というよりも、連日の出撃で機体そのものにかなりガタがきていたことが大きい。機体の不調をいちはやく察知したので、彼は脱出できたのだ。

さすがにドナヒュー中尉くらいになると、新規に与えられるモビルスーツも違う。たまたま輸送部隊オクトパスがゲルググを入手していたため、彼に引き渡《わた》すことになったのである。

受け取りは彼と部下が後方のデポまで出向く形になった。ウォルター大佐からのささやかな休暇《きゅうか》旅行みたいものである。

「ドナヒュー隊長、通信が入ってます」

デポの監督《かんとく》からのメッセージと共に、コクピットの通信端末が点滅《てんめつ》する。

「誰《だれ》だ?」

彼がメッセージを受け取ると、一人の女性が画面に現れた。

「誰かと思えば摩耶《まや》大尉《たいい》……言っておきますが、いまさらこのゲルググは返しませんからね!」

「いきなり挨拶《あいさつ》抜《ぬ》きでその言い草はないじゃないの」

「胸に手を当てて、いままでの行いを振《ふ》り返ってみてはいかがですか?」

「生憎《あいにく》とあたしは過去じゃなくて今と未来に生きる女なの。で、ウォルター大佐から命令を伝えるわね」

「どうして司令官が直接にではなく、しかも輸送部隊の大尉がなんですか?」

「固いこと言わないの。こんなご時世だから通信回線が色々と輻輳《ふくそう》しているのよ。それに極秘《ごくひ》任務だからね」

「極秘任務?」

「あなたマッチモニードって特殊部隊知ってる?」

「あぁ、あの連中ですか。装備は一流、腕は二流、人間は三流の部隊ですね。それがどうしました?」

「暗号通信をそっちに直接送るわね」

「そんな、解読キーの設定もしていないのに……」

「あたしの生年月日を順番に並べて二倍して、それにユーリの副官のアリソン・ハニガン大尉の生年月日を三倍した数字を続けて、あたしたちが別れた日にちを続けた数列が解読キーよ。わからないデータはないわよね？」

「覚えていますよ、というかどちらかといえば俺《おれ》はあの時のことは忘れてしまいたいくらいなんだけどな。でも、あんな昔のこと……今と未来に生きる女じゃなかったんですか、大尉は？」

「お生憎さま、あたしはねぇ、仕事に生きる女でもあるのよ」

ドナヒュー大尉は、一連の数字をコクピットの電卓機能まで使って打ちこんだ。すぐに一連の文書が浮《う》かび上がる。

「何だって！　か、核《かく》……」

「ドナヒュー中尉、それ以上は口にしないの。これは本来なら存在しない作戦なんだから。内容は暗記した？」

「こんな作戦内容、暗記するまでもない。忘れるのに苦労するくらいだ」

「ならそのファイルは完全に消去して」

「部下にはどう説明する。トリントン基地のか……やばいもののことを説明しないわけにはいかんだろう」

「それはあなたの判断に任せるわね。でも私なら、部下の将来のことを考えて何も教えないわね」

「同士討ちをさせなければならないというのに、何も説明しないのか？」

「あなた指揮官でしょ。部下に不必要なストレスを与えたいわけ？　たとえ恨《うら》みを買ってでもしなきゃならないことをするのが指揮官でしょう。その覚悟《かくご》もなしに部下を死地になんか送れないじゃない」

ドナヒュー中尉は、はっとした。摩耶大尉もトリントン基地の核兵器のことは知っている。だが部下には何も言っていないらしい。そこから生じる責任は、指揮官としてすべて自分が負うつもりなのだ。

それに対して彼は部下にも核の存在を明かそうとした。それは作戦に必要だからとはいっているが、責任の分散に他ならない。一度それに気がついてしまえば、ドナヒュー中尉はこの件をこれ以上論じることができなかった。

「了解《りょうかい》した。この件は俺だけに留《とど》めておこう」

「そう悲壮《ひそう》な顔をするもんじゃないわよ。意外に神経が細いんだから。楽観的な想像でもしてみたら」

「どんな？」

「もしかしたら連邦軍がマッチモニードをきれいに退治してくれるかもしれないわよ」

「なるほどな。だったら、せいぜい連邦軍を応援《おうえん》させてもらうさ」

第三章　マッチモニード

U.C.0079年12月26日

「これはまたご大層なコンピュータシステムですな」

タイソン大尉《たいい》は管制室にある端末《たんまつ》の一つに腰《こし》かけると、さっそく作業にかかる。

「どう、やれそう？」

「核兵器《かくへいき》を扱《あつか》ってるだけにコンピュータロックの解除は簡単とはいえませんが、時間さえあれば何とかなりますよ、少佐」

「そう、じゃぁまかせたわよ、大尉」

さすがのニアーライト少佐も、核兵器を前にしてか、口調とは裏腹に真剣な表情でタイソン大尉と端末を見ていた。ただそれは見守るというよりも、監視《かんし》に近い。核兵器という切り札を前に、部下が馬鹿な考えを起こすことを懸念《けねん》しているかのようだった。

そこは占領《せんりょう》したばかりのトリントン基地の管制室だった。室内には射殺されたばかりの連邦《れんぽう》軍《ぐん》兵士の死体が幾《いく》つか転がっていた。

連邦軍の制服を着ているが、それでも学者風にしか見えない若い女性士官や、絵に描《か》いたようなたたき上げの軍人の下士官、あるいは士官学校を卒業したばかりにしかみえない新任少尉などなど。数分前まで、死体のそれぞれには人生があった。

だがいまは単なる物体でしかない。少なくともニアーライト少佐とタイソン大尉にはそうであった。

「少佐、基地の職員名簿《めいぼ》を検索《けんさく》してください」

タイソン大尉の態度は、上官を上官とも思っていないかのような横柄《おうへい》なものに見えたが、少佐はそれを特に咎《とが》めなかった。少佐もコンピュータシステム解析《かいせき》に関しては大尉の能力を十分に評価しているからだ。その部下に力量さえあれば、少佐は規律など歯牙《しが》にもかけなかった。

大尉に限らずマッチモニードとはそういう部隊だ。メンバーは階級よりも、力量で互《たが》いに評価され、力量に応じた発言力を持っていた。ただしそれはマッチモニードが平等であるためではない。

彼らはいわば一匹狼《いっぴきおおかみ》の集団、組織的規律など端《はな》から信用していない。だから階級など無視していたし、それどころか本質的な点で仲間でさえ信用していなかった。

ニアーライト少佐は足で女の死体を退《ど》けると、床《ゆか》の血溜《ちだ》まりで靴《くつ》が汚《よご》れないよう注意しながら、椅子《いす》を寄せ、端末を立ち上げた。職員名簿の管理領域にもプロテクトはかかっていた。少佐は汚《きたな》いものをつかむように、さっき足で退けた女の死体から身分証明書を取り出し、一連の数字を打ちこむ。思った通り、パスワードは彼女の生年月日だった。

死体の女性は比較的《ひかくてき》階級が高かったのか、トリントン基地のシステムに関して、かなり大きな権限を持っていた。

「あらまぁ、この娘、当たりね。システム管理者の一員みたいね。そっちへ転送するからあとは、あなたの方で適当に処分して」

「システム管理者ですか、そりゃぁいい、それだけで一時間は時間を短縮できますよ」

大尉は端末を見つめたまま、少佐の方に顔をむける素振《そぶ》りさえ見せずにそう応《こた》えた。それがタイソン大尉という男だ。だから少佐は彼の態度には命令をきかない時以外は何も言わなかった。

彼にとっては大尉は部下ではなく、便利な道具に過ぎない。大尉に限らず、マッチモニードの全員が彼にとっては道具なのだ。もっともそれは他のメンバーも同様だ。タイソン大尉にしても、ニアーライト少佐は道具に過ぎないはずだった。

だが彼らにとって、この状況《じょうきょう》は好ましい。信用できないとわかっている人間こそ、微塵《みじん》の幻想《げんそう》も抱《いだ》かずにつきあえる。それが局地戦戦技研究特別小隊、マッチモニードの人間達なのだ。

キシリア・ザビ直属の特殊《とくしゅ》部隊、局地戦戦技研究特別小隊はその制式名称よりも、マッチモニードという通称で知られていた。制式名称ではなく通称で知られているのは、彼らが名前通りの部隊ではないからだ。

局地戦戦技研究特別小隊とは言いながら、戦技研究などはほとんど行わない。彼らが行うのは諜報《ちょうほう》活動や謀略《ぼうりゃく》である。そして時にそれは味方に対してさえも行われた。

彼らの任務はジオン公国のために連邦軍《れんぽうぐん》と闘《たたか》うことではなかった。ザビ家に敵対するものを排除《はいじょ》するのが彼らの役目なのである。連邦軍と闘っているのは、ザビ家にとって最大の敵が連邦軍であるからに過ぎない。

彼らがザビ家にとって有害と判断すれば、その銃口《じゅうこう》は躊躇《ちゅうちょ》せずにジオンにも向けられる。彼らがマッチモニードと呼ばれるのは、ようするに蔑称《べっしょう》だった。その真意は人間ではないというところにある。

だが当のマッチモニードの面々は、その蔑称にむしろ喜んでいた。我々はお前達のような人間ではない。彼らはマッチモニードという言葉をそう解釈《かいしゃく》していた。それはエリート部隊としての自負というよりも、周囲の人間達に対する反感によるものだ。

マッチモニードのメンバーの多くは、ニアーライト少佐をはじめサイド3の社会でも下層階級に属していた。スペースコロニーは決してユートピアなどではなく、人類社会の一形態に過ぎなかった。地球に比べればそれでも平等な社会であったが、人間の作る社会には違《ちが》いない。

彼らが物心ついたとき、真っ先に学んだことは自分達が蔑《さげす》まれ、虐《しいた》げられているという事実だった。幼い子供にとって、その事実を認めることは過酷《かこく》なことである。だが本人が認めようが認めまいが、現実は彼らの希望などまるで斟酌《しんしゃく》してくれなかった。

そんな彼らでもコロニー社会は教育は受けさせてくれた。彼らが社会の下層からはい上がるには、他に手段はなかったからだ。そして彼らは学校という集団生活の中で、ますます社会への反感を強めて行く。学校でも彼らは仲間から対等な人間としては扱われることがなかったからだ。

そんな状況が一変したのは、ジオン・ダイクンが暗殺され、ザビ家がサイド3の支配者となったからだ。ザビ家は新しい社会体制を主張するようになる。そして彼らは自分達の主張を通すため、有能かつ野心的な自分達の支持者を必要としていた。ニアーライト少佐らが社会の上層へはい上がるチャンスはこの時訪れたのである。

ニアーライト少佐をはじめ、マッチモニードの面々は下層階級の出身ではあったが、有能な人間達ばかりであった。そして何よりも野心家だった。彼らの境遇《きょうぐう》がそうした野心家を生んだのだった。

最初は彼らもザビ家の私兵として、コロニー内の反対派を攻撃《こうげき》するような仕事をしていた。サイド3の市民達は、そんな彼らを嫌《きら》ってはいたが、彼らに逆らいはしなかった。ニアーライト少佐達は、自分達の姿に市民が脅《おび》える光景を見るたびに、権力者としての陶酔感《とうすいかん》を味わった。ザビ家がジオン公国を名乗り、公然と再軍備をはじめるに至り、その私兵同然だった彼らもジオン軍の一部へと組み入れられた。だがジオン軍内部ですら、彼らはザビ家の私兵であることを隠《かく》そうともしなかった。彼らにとって局地戦戦技研究特別小隊という看板で唯一《ゆいいつ》意味を持つのは「特別」という二文字だけだった。

ジオン軍が開戦劈頭《へきとう》に地球の主要な地域を占領した時、彼らマッチモニードの権勢は絶頂に達していた。彼らはザビ家の命令を実行した。その命令のために彼らより階級が上の人間と衝突《しょうとつ》することもあった。だがキシリア・ザビ直属部隊に本気で逆らう軍人はほとんどいなかった。少数の例外は、彼らが密《ひそ》かに始末した。

だがそんな彼らの権勢に陰《かげ》りが見えはじめたのは、オデッサ作戦での敗北からだった。見る目のある人間には、もはや戦争の結末がどうなるかは明らかだ。ジオン軍は敗北する、少なくとも地球からは撤退《てったい》しなければならない。

こうした考え方はジオン軍内部に急速に広がって行った。そしてそれに伴《ともな》い、周囲の人間のマッチモニードに対する態度も変わってきた。ジオン軍が敗北すれば、ザビ家の繁栄《はんえい》もお終《しま》いだ。そうなればマッチモニードなど誰《だれ》が恐《おそ》れようか？

ニアーライト少佐達は、じっさいのところジオン軍が勝とうが負けようがあまり関心がなかった。戦争の勝敗など世間の奴《やつ》らの心配事だ。だがザビ家の将来となれば話が違う。彼らはザビ家と運命共同体、彼らの忠誠心はただ一つ、生まれて初めて自分達を対等な人間として扱ってくれたザビ家だけにあるのだ。

もしもザビ家が倒《たお》れたならば、彼らは再び蔑まれ、虐げられたあの日々に戻《もど》らねばならない。彼らにとってはそれは死ぬことよりも堪《た》えられないことだった。カリフォルニア基地がいよいよ最期《さいご》となった時、彼らはザビ家が連邦軍への切り札となるように、生物環境《かんきょう》兵器「アスタロス」を手に脱出した。

「アスタロス」は本来は兵器などではなかった。スペースコロニーでの農業生産性を向上させる研究から偶然《ぐうぜん》生まれた植物寄生体。遺伝子操作により、過酷な環境でも発育できる能力を持つその植物寄生体は、コロニーでの農業生産性向上に寄与《きよ》するだけでなく、荒廃《こうはい》した地球の砂《さ》漠化《ばくか》防止にも役立つはずだった。

だがどんな発明にも二面性はある。砂漠でも発育できるというその性質は、同時に地球上の森林地帯を「アスタロス」で埋《う》め尽《つ》くすことも意味していた。そして「アスタロス」は寄生生物故に、森林が破壊《はかい》されればそれらも生きて行くことは不可能だった。

もしも「アスタロス」が地球上にばら撒《ま》かれれば、地球の森林地帯は完全に破壊される。そして後には死滅《しめつ》した「アスタロス」だけが残るのだ。

カリフォルニア基地のジオン軍科学者達は、この「アスタロス」の恐るべき性質を知り、連邦軍が基地を占領する前にサンプルを資料もろとも焼却《しょうきゃく》しようとした。だが彼らの判断は遅過《おそす》ぎた。

マッチモニードが北米基地に展開していた理由の一つは、ザビ家の目としてジオン軍を監視することにあった。北米はジオン軍占領地の中でも特に重要な地域の一つだったからである。

彼らの諜報《ちょうほう》の中心はもちろん連邦軍であった。しかし、ジオン軍内にも彼らの目や耳は向けられている。そんな彼らが「アスタロス」の存在を知るのは造作もないことだった。彼らはカリフォルニア基地を脱出《だっしゅつ》する際、秘密を守るために科学者達を皆殺《みなごろ》しにし、必要なデータとサンプルを確保していた。すべてはザビ家のためである。

同時に彼らは、連邦軍の核兵器がオーストラリア大陸のトリントン基地に隠されていることも知っていた。それは彼らの諜報活動の賜物《たまもの》であったが、この情報はジオン軍内部にはまったく知らされなかった。彼らはキシリア・ザビだけにこの情報を報告した。

そしてキシリア・ザビからはすぐに簡潔な命令がニアーライト少佐の元に届いた。

「奪取《だっしゅ》せよ」

こうしてマッチモニードはトリントン基地を襲撃《しゅうげき》する。彼らはウォルター大佐の作戦など知らなかったし、興味もなかった。彼らにとってはウォルター大佐も道具の一つに過ぎないからだ。

「タイソン大尉、どれくらいでできそうかしら?」

「そうですね。邪魔《じゃま》さえ入らなければ、一時間というところでしょうかね」

タイソン大尉のいう「邪魔」には、どうやらニアーライト少佐も含《ふく》まれているらしい。トリントン基地のコンピュータロックは自分一人で解除できるということか。少佐はいささか自信過剰《かじょう》の部下を鼻で笑うと、他の部下達の様子を見ることにした。

トリントン基地の管制室は、核兵器を保管してあるだけに、TVモニターの類《たぐ》いは必要以上に充実《じゅうじつ》していた。他にもセンサーの類いが基地周辺に設置されていたが、それらは彼ら自身がすべて無力化していた。だから周囲を警戒《けいかい》できるとしたら、いまはこのTVモニターくらいしかない。

「逆木《さかぎ》中尉《ちゅうい》、そっちに何か異状はあるかしら?」

通信端末にドムのコクピットが映る。逆木中尉は、トリントン基地周辺を五機のドムで警戒していた。TVモニター以外のセンサーは、いまや彼らのドムのものしかない。

「いいえ、いまのところ異状はありません」

「そう、でも注意してね。あと一時間はかかりそうだから、それも邪魔が入らなければの話だけど」

「あと一時間でお宝が拝めるんですね」

「核兵器の始末はあたしがします、あなたは警戒だけをしっかりなさい!」

ニアーライト少佐は通信端末を一方的に切る。パイロットとしては逆木中尉は有能なのは少佐も認めてはいる。だが彼の無教養な振《ふ》る舞《ま》いは、常に彼の神経を逆撫《さかな》でした。

――あの無教養男、どこか適当な場所で戦死でもしてくれないかしら。

彼はタイソン大尉の姿を見ながら、ぼんやりとそんなことを考えた。

U.C. 0079年12月26日

「隊長、反応です、微弱《びじゃく》ですがモビルスーツの電磁波です」

「型はわかるか？」

「オアシスのデータベースには記録されていません。ただ赤外線放射量やパターンから推測して、まず間違《まちが》いなくドムだと思われます」

「隊長、間に合ったようですね」

「ここで間に合ってくれなきゃ大事《おおごと》だぞ、レオン」

「ええ、そうなったら私も職務怠慢《たいまん》で刑務所《けいむしょ》ものです」

「ホワイト・ディンゴ」の面々は、外部に通信が漏《も》れないようにレーザー回線で互《たが》いに交信をしていた。司令部のデータによれば、ドムはジオン軍の局地戦用モビルスーツだという。同じ局地戦用でもグフがザクの改良型に過ぎないのに対して、ドムはかなり本格的な設計がなされているという。

機動力も重視され、パワーもある。ただオデッサの闘《たたか》いで鹵獲《ろかく》したドムを調査したところ、パワーユニットが戦闘時《せんとうじ》の効率を最優先しているため、警戒《けいかい》行動などアイドリング中には必要以上に赤外線を放射する傾向《けいこう》があるのだという。

オアシスがキャッチした赤外線が、警戒中のドムならばかなり迂闊《うかつ》ということになる。敵を見つけるより前に、自分が敵に見つかってしまうからだ。

「アニタ、ここからトリントン基地のシステムに入ることは可能か？」

「オアシスのコンピュータで、トリントン基地のシステムにですか？　そりゃぁ、まぁ、やってできないことはありませんけど。トリントン基地とチャールビル基地の間には専用回線が幾《いく》つか用意されていたはずですから、マイクロウェーブの回線か何かを使えばオアシスでもシステムへは接続できますが」

「ならやってみてくれ。敵があぁして警戒しているということは、核兵器奪取《だっしゅ》のために動いているということだ。おそらく核兵器の格納庫のコンピュータロックを解除しようとしているんだろう」

「隊長、まさかあたしにそれを妨害《ぼうがい》しろと……」

「やってみろよアニタ。システムを直せってンじゃない、他人様の仕事を妨害しろってんだ。楽なもんだろう」

「人の仕事の邪魔はあたしより、あんたの方が上手《じょうず》じゃないの、マイク！」

「それでどうだ、アニタ？」

「システム破りの妨害は可能です。実戦では初めてですけど、そういう訓練は受けていますから。それに連邦軍《れんぽうぐん》のコンピュータについては連中より私の方が知識はあります。ただ一つ問題があります」

「どんな問題だ？」

「マッチモニードがどんな連中かは知りませんが、トリントン基地を襲撃《しゅうげき》するからにはコンピュータロックの存在くらいは承知しているでしょう。それを正面からやるからには、それなりの知識と経験の持主だと思います。そんな敵を相手にするとなれば、オアシスの全能力を使う必要があります」

「我々へのサポートはできないということか？」

「一言でいうとそういうことよ、レオン。最悪の場合、オアシスのコンピュータが敵に乗っとられる可能性さえあります。それを予防しながら敵の作業を妨害するとなれば、サポートが犠《ぎ》牲《せい》になります」

レイヤー中尉にとって、それは決断を迫《せま》られる問題だった。五機のドムを相手にしようとすればオアシスからの情報サポートは不可欠だ。だがたとえドムを倒《たお》したところで、コンピュータロックを解除され核兵器《かくへいき》を奪《うば》われては何の意味もない。

逆にマッチモニードの目的が核兵器である以上、彼らの行動には一定の制約が加わるはずだ。つまりレイヤー中尉は五機のドムを撃破《げきは》する必要はない。トリントン基地に攻撃《こうげき》を加え、敵の核兵器奪取を妨害すればそれでよいのだ。

つまり敵は「ホワイト・ディンゴ」に絶対に勝たねばならないが、こちらはそうではない。戦闘《せんとう》に負けさえしなければ、作戦としては彼らの勝ちだ。ならば何とかなるか。

「アニタ、核兵器を優先してくれ。我々の目的はドムの撃破ではなく、核兵器奪取の阻止《そし》だからな。それならオアシスのサポートが手薄《てうす》でも対処できる」

「勝とうと思わなければ、負けない手段は幾らでもあるということですか」

「そういうことだ。よし、各自行動に移れ！」

アニタ軍曹《ぐんそう》は、緊張《きんちょう》した面持《おもも》ちでトリントン基地の回線に割り込《こ》み、システムに接続した。

彼女の端末にはトリントン基地のシステムの接続されたことが表示されていたが、この程度ではマッチモニードを阻止することなど覚束《おぼつか》ない。

彼女のやろうとしていることは、いわばコンピュータへの不正アクセスである。だが連邦軍は戦争におけるコンピュータの重要性に鑑《かんが》み、こうしたシステム破りの訓練も一部のオペレーターには施《ほどこ》していた。アニタもそんな中の一人である。

アニタは別の回線を使い、チャールビル基地のシステムに正規の手続きで入ると、トリントン基地の職員名簿《めいぼ》を請求《せいきゅう》した。今回の作戦のために、彼女にはかなりの情報にアクセスできる権限が与えられている。

「この面子《めんつ》か……」

マッチモニードがコンピュータロックを解除しようとすれば、トリントン基地のコンピュータのシステム管理者の権限を手に入れねばならない。つまりシステム管理者のＩＤとパスワードだ。これが正しければ、システムはその人物をシステム管理者と認識する。

チャールビル基地からの名簿には、パスワードこそ表示されていなかったが、システム管理者の一覧と、彼らのＩＤが表示されていた。仕事はここからはじまるのだ。

コンピュータのシステム破りといっても魔法《まほう》を使うわけではない。よほど間抜《まぬ》けなシステムでない限り、外部の人間は簡単にはシステムを改変することはできない。コンピュータが発明されて百年以上の歳月《さいげつ》が経過している今日、外部からの攻撃に脆弱《ぜいじゃく》なシステムはすでに淘汰《とうた》されているからだ。

しかし、それでもコンピュータ犯罪はなくなってはいない。今も昔もシステム破りとは何等《なんら》かの手段でシステム管理者になりすます、つまりIDとパスワードを手に入れる行為《こうい》が基本となる。それらを手に入れる手段にヴァリエーションはあるものの、部外者がシステムに侵入《しんにゅう》するのは、ほとんどがシステム管理者になりすます形をとる。

このことから容易に推測がつくことが二つある。一つはコンピュータ犯罪の大半は部外者よりも内部犯行が多いこと。もう一つは人間がコンピュータを操作している限り、IDやパスワードを奪うのは不可能ではないということだ。

アニタはシステム管理者のIDリストを与《あた》えられている分、侵入には有利だったが、パスワードはわからなかった。さすがに核兵器を管理している基地職員のパスワードまでは公開されるわけがない。だがそれでも付け入る隙《すき》はある。

「当たりっ！」

アニタは職員データベースの名前を頼《たよ》りに、イニシャルをパスワードとして入れてみた。本当なら意味不明の文字列がパスワードとして望ましい。だがそれだと忘れてしまうので、システム管理者でさえも生年月日や自分の名前をパスワードに使う人間が多い。

そんなパスワードが危険なことはコンピュータが生まれた二〇世紀から指摘《してき》され続けていたが、スペースコロニーが作られるようになっても同じことが繰《く》り返されていた。コンピュータは飛躍的《ひやくてき》に進歩しても、それを扱《あつか》う人間はそれほど進歩はしていない。

システム管理者となれたアニタは喜んだと同時に呆《あき》れた。核兵器を扱っているトリントン基地ならもっと厳重なパスワードの管理が行われていると思っていたからだ。だが現実はこの通り。

もっともこれはしかたがない面もある。システム管理者が複数のパスワードを使うような厳重なシステム管理は、確かに外部からの攻撃には強い。だが現実には攻撃などかけられることは非常に希《まれ》だ。

管理者達にしてみれば、ファイル一つ開くにも幾つもパスワードを使い分けなければならないようでは、作業効率は低下する。そのためいつしかパスワードの管理もルーズになってしまうのだ。コンピュータの黎明《れいめい》時代から、人類は同じことを繰り返していた。

「これならマッチモニードだって簡単に入れるじゃないの」

予想は当たった。アニタ軍曹はいま現在システムにアクセスしている人間を表示させた。システムにアクセスしているのは、アニタを含《ふく》めて三人いた。一人はどうも端末《たんまつ》につないだまま殺されたのか、回線は開かれているが何も活動していない。

しかし、もう一人は違《ちが》った。システム内を捜索《そうさく》し、コンピュータロックの制御《せいぎょ》機構を探している最中だった。

「その思い上がりが失敗のもとなのよ」

侵入者《しんにゅうしゃ》は自分以外の人間がトリントン基地のコンピュータシステムに入り込む可能性などまったく考えていないらしい。彼はシステムに誰《だれ》がアクセスしているかをまったくモニターしていない。アニタ軍曹はシステムの中に専用のワームプログラムを走らせ、自分を発見・監視しようとするプログラムをすぐさま報告するようにすると、いよいよ妨害工作にかかる。

やはりジオンと連邦ではコンピュータシステムに違いがあるようで、マッチモニードの侵入者はアニタ軍曹と同様にワームプログラムを走らせてはいるものの、その効率は彼女のそれと比較してやはり見劣《みおと》りがした。

ネットワーク内部を自己増殖《ぞうしょく》しながら情報を操作するワームプログラムは、システムの資源をより有効に利用できる側が高い効率を発揮できる。その点ではマッチモニードの侵入者は分《ぶ》が悪い。

アニタは自分のプログラムに侵入者のプログラムを食わせると、システムの適当な領域に移動して、そこでそのプログラムを解析《かいせき》させた。コンピュータの性能ではやはりオアシス搭載《とうさい》のものより、トリントン基地のものの方が性能が良い。

それに彼女としては、吸収したとはいえ得体《えたい》の知れないプログラムをオアシスの内部に入れたくはなかった。ワームプログラムの中には、解体する過程で秘密保持のために相手にコンピユータウイルスを感染させようとするものもあるのだ。

「やはりね……」

マッチモニードのワームプログラムもやはり、構造を解析されると相手にウイルスを感染させるタイプであった。だがやはりここでもシステムに不慣れなことが災いした。ウイルスはシステムのワクチンプログラムによりすぐに無力化されてしまう。この点はさすがに核兵器を管理する施設《しせつ》だけのことはある。

悪辣《あくらつ》な仕掛けがある割には、マッチモニードのワームプログラムはオーソドックスな構造のものだった。おそらくカリフォルニア基地からの脱出《だっしゅつ》の渦中《かちゅう》に制作したため、それほど複雑な構造のものが作られなかったに違いない。

アニタはそのプログラムの構造を把握《はあく》すると、さっそくそれを改造し、再びネットワークの中に放す。それはオリジナルのプログラムを捕食し、二倍の速さで増殖する。もちろん侵入者には、自分のプログラムが改造されたことはわからない。

そして彼女はその間に、システムの一画を利用して、偽物《にせもの》のコンピュータロックシステムを構築する。中身のないファイルに対して、もっともらしいドキュメントと必要以上に頑強《がんきょう》な障《しょう》壁《へき》を設けたものだ。

もちろんファイルに対する頑強な障壁の一部にはわざと弱点が設けてある。マッチモニードがそこからダミーに侵入しようとすると、意味のないファイルの迷宮に誘《さそ》われるはずだった。

アニタ軍曹の迷宮からマッチモニードの侵入者は脱出不能なはずだった。なぜなら侵入者が迷いこんだシステムの迷宮は、彼女が次々と書き換えてゆくからだ。改変されたワームプログラムはマッチモニードに対して、次々とコンピュータロックシステムに関する報告をはじめる。もちろん彼女が用意した偽物のだ。

「かかったわね……」

腕《うで》の良いクラッカーほど、いざ自分に罠《わな》が仕掛《しか》けられると意外に簡単にかかってしまうものだ。自分以上の人間はいないという驕《おご》りが、そうしたミスを招くのだ。

果たしてマッチモニードの侵入者もそんなクラッカーの一人だったらしい。彼は嬉々《きき》として意味のないファイルの山をアクセスする。

「これでしばらくは時間が稼《かせ》げるわね」

ようやく彼女は仲間の支援《しえん》を行う余裕《よゆう》ができた。だが外の戦闘《せんとう》も佳境《かきょう》に差しかかっていたのであった。

「こいつが噂《うわさ》のドムか……」

レイヤー中尉《ちゅうい》達の接近を認めたドムの一隊は、ザクなどとは比較《ひかく》にならない高速で接近してきた。最初はマイクとレイヤー中尉が正面から接近し、トリントン基地にもっとも精通しているレオン少尉《しょうい》が背後からトリントン基地に突入《とつにゅう》する手筈《てはず》になっていた。

陽動作戦としては初歩的なものだったが、いままではこれで何回も成功していた。少なくとも相手がザクならば。

だがドムは違った。ザクやグフは足で移動していたが、ドムはバーニアによるホバー移動によりザクやグフでは考えられない機動力を実現していた。

「そうか、こんな奴《やつ》があったから、あんな改造をしていたわけか」

マイクの独り言は、その時に三人が一様に抱《いだ》いた感想だったかもしれない。彼らは数は少ないが現場部隊で妙《みよう》な改造を施《ほどこ》したザクと闘《たたか》ったことがあった。

それらの改造の中に、確かにバーニアによるホバー移動を行ったものがあった。オーストラリア大陸にはドムの配備は遅《おく》れていたが、情報だけは入っていたのだろう。それがあのような改造となったらしい。

ただあの時のザクの改造は、いかにも現場で間に合わせで行ったらしく、ひどくバランスの悪いものだった。ザクはそれなりの完成度を持っていたが、それだけ発展性に乏《とぼ》しい機体だった。だから一部の性能を向上させても全体の性能が上がるとは限らない。

その点、ドムは設計段階からホバー機動を考えていたから、構造に無理がない。またザクにはあまり発展性がないことの反省からか、見るからにドムには構造的な余裕があるように見えた。

――こいつが量産されたなら、ジムといえども戦場では苦戦しそうだ。だが、どうやら登場が遅過ぎたようだな。

レイヤー中尉はそう思った。それは現状を考えてもわかる。連邦の核兵器を奪《うば》わねばならないほど、ジオン軍は逼迫《ひっぱく》しているのだ。仮にドムの量産を開始したとしても、十分な数が行き渡る前に、この戦争は終わるはずだ。

「マイク、レオン、そっちのセンサーデータをこちらに転送しろ」

「了解《りょうかい》」

「了解しました」

レーザー回線によりマイクとレオンのジムのセンサーデータはレイヤー中尉のコクピットでも見ることができる。こうすれば単独のジムよりも広範囲《こうはんい》に戦場を把握《はあく》することができる。もちろんオアシスほどの能力はないが、これができるかどうかで闘い方はかなり違うのだ。

「どうやら特殊《とくしゅ》部隊とか言いながら、それほど練度は高くなさそうだな」

彼はマイクとレオンに分析《ぶんせき》した結果を転送した。

「どういうんでしょうね。特殊部隊ならもっと相互《そうご》に連携《れんけい》を取りそうなものですけどね」

「いや、特殊部隊だからこそ集団戦闘は経験が浅いのかもしれないぞ。きっとごく少数で敵地に潜入《せんにゅう》するような任務が中心だったんだろう」

「なんだ特殊部隊ってのは、一匹《いっぴきおおかみ》狼の集団なのか、やれやれ」

マイクとレオンの会話を耳にしながら、レイヤー中尉は先程よりも落ちついている自分を発見していた。さっきはドムの機動力に驚《おどろ》かされはしたが、パイロットが一匹狼とわかると急に余裕《よゆう》が出たからだ。二人が軽口をたたいているのもそのせいだろう。

たとえ相手がエースパイロットでも、チームとしての戦闘ならば「ホワイト・ディンゴ」に勝てる敵はいなかったからだ。

「よし、連中はトリントン基地の防衛が主目的のはずだ。ならばこれでどうだ」

レイヤー中尉は、ドムには目もくれずマイクやレオンとは反対方向に急な機動をする。マイクやレオンとはたちまち距離《きょり》が離《はな》れて行く。むしろその機動はドムに接近する方が近かった。

だがここでレイヤー中尉は、相手の意表をつく行動をとった。彼はビームライフルをドムではなく、その背後にあるトリントン基地の施設《しせつ》を狙《ねら》い引き金を引く。流石《さすが》に核兵器貯蔵施設だけあって、モビルスーツのビームライフル程度では木っ端微塵《こっぱみじん》とはならなかったが、それでもかなりの損害を与えたように見えた。少なくとも中にいる人間にとってはただ事ではないだろう。

レイヤー中尉の行動をマイクとレオンはたちどころに理解した。二人は相互支援が可能なように、縦方向に並ぶと、そのままトリントン基地へと前進した。

「ホワイト・ディンゴ」に接近中だったマッチモニードの五機のドムはこの行動により進退窮《きわ》まることになる。彼らの任務はトリントン基地の防衛だ。だがそれが彼らを混乱させた。

トリントン基地をビームライフルで狙っているジムは排除《はいじょ》しなければならない。だがトリントン基地に向かい急激な機動をかけている二機のジムも無視できる存在ではない。ここで五機のドムがチームとして動いていたならば、この後の展開はあるいは違ったかもしれない。

だが彼らは所属部隊が同じというだけで、決して一つのチームではなかった。レイヤー中尉とマイク・レオンの二つの連動した動きに彼らはとっさの対処ができなかった。トリントン基地を守るためにはどちらの敵を優先すべきか？　彼らはジレンマに陥《おちい》っていたのである。しかも個別に。

流石《さすが》に特殊部隊だけあって、躊躇《ちゅうちょ》している時間は短かった。だがここで五機のドムは二機と三機に別れた。二機はレイヤー中尉に、三機はマイクとレオンに向かう。

この動きはレイヤー中尉らが予想していた展開通りだった。なるほど数は向こうが優勢だが、個別に動くばかりで相互支援をするという意思が感じられない。

まずマイクとレオンを追った三機のドムが動きとしてはもっとも稚拙《ちせつ》だった。高速のドムが反対方向に機動しなければならないのだ。彼らはそのために無駄《むだ》に大きく旋回《せんかい》運動をしなければならなかった。

レイヤー中尉はここで大きく後退して、自分に向かってくるドムとの接触《せっしょく》時間を稼《かせ》ぐと、ビームライフルでマイクとレオンに向かう三機のドムのうちの一機を狙う。機動がもっとも遅れている奴だ。

一条のビームは外《はず》すことなくドムを貫《つらぬ》く。ドムはバランスを崩《くず》しながらも慣性を維持《いじ》したまま近くの地面を転がりまわる。

「これで二対二だな」

「さすが隊長！」

レイヤー中尉に接近しようとしていた二機のドムは、仲間を一撃《いちげき》で倒《たお》したビームライフルの威力《いりょく》に、必要以上に間合いを狭《せば》めるのを警戒《けいかい》した。さすがに彼らも仲間と組むことを思いついたのだろう。

二機のドムは二手に分かれて、左右両側からレイヤー中尉に接近しようとしていた。だが一機は接近してくるものの、もう一機は接近する素振《そぶ》りを見せながら、ふいに反転すると、近くの丘の背後に下がる。

「なんて奴だ！」

レイヤー中尉も敵にチームワークがとれていないことは予想していた。だがまさか味方を捨《す》て石《いし》にして自分だけが逃《に》げるような奴がいるとまでは思ってもいなかった。

おそらく敵の魂胆《こんたん》は、仲間がレイヤー中尉のジムと闘っている最中に、丘から彼を狙おうというのだろう。ここまでくればチームワークどころの問題ではない。まさに人間性が問われるだろう。

接近してくるドムは、しかし仲間が後方に下がったことに気がついていない。奴は奴でジムを撃破する手柄《てがら》を独《ひと》り占《じ》めにしたいのかもしれなかった。

だがレイヤー中尉にはそんなことを考えている余裕はなかった。ドムは彼の予想以上の機動力を持っていた。

「速い！」

ビームライフルは強力だが接近戦には向かない武器だ。彼はビームライフルをその場に捨てるとビームサーベルで敵と対峙《たいじ》する。ドムもヒートサーベルを抜《ぬ》いていた。

レイヤー中尉は全速力で、ドムに切りかかる。ここでドムはレイヤー中尉の攻撃《こうげき》を交わすべきだった。だがドムは攻撃をかわさずに、真正面から攻撃を受け止めた。

これはまずい判断だ。ドムの優位はその機動力にある。攻撃を受け止めてしまったとは、つまりは機動力を殺すに等しい。レイヤー中尉はそんなドムのミスを見逃《みのが》さない。

ドムと比べてジムはかなり軽い。受け止められた反動を利用して、レイヤー中尉は一旦《いったん》後方に下がる。ドムはそれを追撃しようとしたが、重量のあるドムはこうした時の瞬発力《しゅんぱつりょく》に難があった。単位質量あたりの馬力がジムよりも低いため、ゼロからの急激な加速はジムよりも遅いのだ。

ドムはジムを追撃しようと、再び加速を開始する。だが一度止まったドムを再び動かすのは予想以上の時間がかかった。そしてレイヤー中尉はその瞬間に再び横方向から攻撃をかけてきた。

ドムはとっさに方向を変えるが、速力は上がらない。そしてレイヤー中尉は軽量ゆえの加速性能を生かして、ドムのヒートサーベルをたたき落とすと、そのままドムのコクピットにビームサーベルを突《つ》き刺《さ》した。ドムは機能を停止した。

丘の陰《かげ》にまわったドムは、一部始終をそこで観測していた。一機のドムは不利なようだったが、おかげで連邦軍《れんぽうぐん》のモビルスーツはこいつにかかりっきりだ。自分の存在にまだ気がついていないらしい。

　そう判断するとドムはジャイアントバズを構えレイヤー中尉のジムを狙う。ジャイアントバズとは巨大なロケットランチャーだ。これが命中すれば、ジムだろうがなんだろうが一発で撃《げき》破《は》されるだろう。

「そら、そこでとどめだ！」

　レイヤー中尉のジムは、もう一機のドムを撃破しようとしていた。しかし、ジャイアントバズをかまえるドムはそれでも仲間を助けるつもりはなかった。そもそも仲間だなどとは思っていない。

　どんなパイロットでも敵を撃破した瞬間《しゅんかん》は、安心して隙《すき》ができる。そこにジャイアントバズを撃《う》ちこめば外《はず》しっこない。他の邪魔《じゃま》なモビルスーツもこうやって撃破すれば、功績は加算され、しかも安全だ。

「仲間をだしに使うとは、まったく大した特殊部隊もあったものだな」

　ジャイアントバズを抱えるドムのコクピットにそんな声が飛びこんできた。それはまるで聞き覚えのないものだ。しかし、ドムのコクピットに飛びこんできたということは、ジオン軍の誰《だれ》かには違《ちが》いない。

「誰だ！」

ジャイアントバズを構えたまま振《ふ》り返ると、いつの間に現れたのか、そこには一機のモビルスーツがいた。

「ゲルググだと……どうしてオーストラリアに……」

風神雷神《ふうじんらいじん》のタトゥをあしらったそのゲルググの存在にドムはとまどっていた。

「キシリア様の命令か……お前もトリントン基地の核兵器《かくへいき》を……」

「お前らの手から守るためにやってきたのさ」

ドムのジャイアントバズが火を吹くよりも、ドナヒュー中尉のビームライフルの方がはやかった。ドムはビームライフルの一撃《いちげき》で倒《たお》され、放たれたジャイアントバズの砲弾《ほうだん》は全く見当違いの場所へ飛んでゆく。

「まったく、目立つ真似《まね》をしやがって」

「隊長、大丈夫《だいじょうぶ》ですか？」

「あぁ、大丈夫だ。特殊部隊のドムはいま一機撃破した」

ドナヒュー中尉は付近に潜《ひそ》む部下に連絡《れんらく》する。もうじき終わる戦争を馬鹿どもの手によって凄惨《せいさん》な結末にされるのを防ぐため、彼らはウォルター大佐の密命でマッチモニードを追撃《ついげき》し、必要によっては連邦軍の部隊を支援するように命じられていたのだ。摩耶《まや》大尉《たいい》からの通信はそのためのものだった。

「隊長、これから突入《とつにゅう》ですか？」

「突入だと！　何を言ってる、さっさと帰還《きかん》するぞ」

「しかし、任務は？」

「給料分の仕事はもう済ませた。あの連邦軍のモビルスーツ部隊は、あの『ホワイト・ディンゴ』だぞ。アリス・スプリングスを忘れたか？」

「あの部隊ですか……」

「わかったろ。残りのドムは二機……あっ、いま一機が撃破されたから、残りは一機だ。あとは連中に任しておけ」

「突入なしですか」

「当たり前だ。だいたい『ホワイト・ディンゴ』を支援すると言ってもどうやるつもりだ？　うちの特殊部隊が不始末をしでかしまして……とでも頭を下げるか？　なことできるわけないだろうが、みっともない」

　ドナヒュー中尉は部下達に慎重《しんちょう》な撤退《てったい》を命ずる。だがそれを命じた彼自身は名残惜《なごりお》しそうに「ホワイト・ディンゴ」の戦闘《せんとう》を見ていた。

　――まぁ、やれるとしたら、こいつらとチームを組むのも悪くない話なんだがな。

　しかし、それは望むべくもないことは彼自身が一番良く知っていた。「ホワイト・ディンゴ」は連邦軍で、ドナヒュー中尉はジオン軍。互《たが》いに敵対する関係なのだ。

　――まっ、平和になったら奴らとも会えるさ。もっともそうなればパイロットとしてチームを組むこともないけどな。

ドナヒュー中尉にはそれが良くわかっていた。それだけに密《ひそ》かな支援《しえん》しかできなかったのは心残りであった。敵味方のパイロットがチームを組むことができたのは、おそらくこのトリントン基地の状況《じょうきょう》だけだろう。

——またこんどな。

ドナヒュー中尉は、なぜかどこかで「ホワイト・ディンゴ」と相対することになりそうな予感がした。


二機のドムの一機が撃破されたからは、もはや戦闘にはならなかった。最後の一機のドムのパイロットはモビルスーツを捨てたからだ。ある面でこれは実に的確な判断ともいえた。ジムにモビルスーツを降りたパイロットを撃破するような武器はない。

戦争とは畢竟《ひっきょう》、人間同士の殺し合いとはいえ、さすがに生身の人間にビームライフルは向けられない。他の武器も同様だ。まして踏《ふ》みつぶすようなことなどできるわけがない。それにパイロットのいない敵のモビルスーツなど何の脅威《きょうい》にもならない。

「隊長、どうしますか?」

「そうだな……アニタ、聞こえるか?」

「はい、隊長」

「敵の連中はまだコンピュータにかかりっきりか？」

「ええ、そうですが」

「ならメッセージを送ってやれ。モビルスーツはすべて撃破した。五分後に施設《しせつ》を破壊《はかい》する。それが嫌《いや》なら無条件で降伏《こうふく》しろとな」

「わかりました」

アニタはオアシスからマッチモニードに向けてコンピュータ経由の降伏勧告を転送した。


「降伏しろですって！」

ニアーライト少佐は、コンソールに突然《とつぜん》浮かび上がったメッセージに驚愕《きょうがく》した。モビルスーツが撃破されたことにではない。自分達にメッセージを送りつけてきた人間がいることにである。

「騙《だま》されたわ！　これは最初から連邦軍の罠《わな》だったのよ！」

「罠って……」

状況が飲み込《こ》めていないタイソン大尉《たいい》に少佐は言う。

「アスタロスを手に入れるために、奴らはトリントン基地にあたし達をおびき寄せたのよ。ここには最初から核兵器なんかなかったのよ。そうに決まっているわ！」

冷静に考えれば、それは矛盾《むじゅん》だらけの主張である。しかし、ニアーライト少佐は任務が失敗したことを認めたくないばかりに、すべては連邦軍の罠という解釈《かいしゃく》をした。それは彼が成長の過程で学んだ哲学でもある。悪いのはみんな世間であり他人だ。

「隊長、ドムがドムが……」

最後のドムに乗っていたパイロットが管制室に現れる。ニアーライト少佐はごく平然とそのパイロットを拳銃《けんじゅう》で撃ち殺した。

「少佐……」

「もうモビルスーツパイロットには用はないわよ。もはや足手まといなの！」

「降伏は……」

「何を馬鹿な。連中はアスタロスが欲しいのよ。あれを持っている限り、あたしたちに負けはないのよ。残っているメンバーだけで脱出《だっしゅつ》するわよ」

「脱出ですか……」

「この基地には非常用のヘリポートがあるのを忘れたの？　あたし達はそこから侵入《しんにゅう》してきたのよ。あなたは一〇分後に投降すると奴らに伝えて。ぐずぐずしてはいられないわよ」

だがニアーライト少佐のここからの行動は、さらに冷徹《れいてつ》なものだった。

「いまから脱出よ。敵を攪乱《かくらん》させるために分散して逃げるわよ。逆木中尉の班は、P4地点のヘリコプターで脱出なさい。データベースによれば、あそこには地上攻撃用の戦闘用ヘリコプターがあるはずよ。あなた達はパイロットなんだから操縦はできるわね？」

「もちろんでさぁ、少佐」

「では、あなたたちはそこから脱出して。他の班はP12とP7に集合、いいわね」

そう言うとニアーライト少佐は通信装置のスイッチを切り替える。

「撤退よ、基地の非常用ヘリポートに集合なさい。五分後に出発よ」

それだけ言うと、彼は通信装置の電源を切る。

「少佐、あのP12とP7……」

「あんなところには誰もいかないわよ。他の人間がそこにいると逆木中尉が思えばそれでいいの」

「えっ、すると……」

「この状況で連中の目の前に大型の戦闘用ヘリコプターが一機も現れればどうなるかしら？　連邦さんはあっちを本隊と思うでしょうし、あくまでも抵抗《ていこう》を続けると判断するはずよね」

「でも、それでは逆木中尉達は……」

「言ったでしょ。もうマッチモニードにモビルスーツパイロットは不要だって。それともタイソン大尉、あなた残って逆木中尉の支援でもなさる？　あたしは一向に構わないけど、それでも。ヘリコプターだって軽い方が速く飛べるから」

「いっ、いえ、自分はその……」

「なら、そういう自分だけは仲間を気づかってるみたいな口はきかないことね。忘れないことよ、あたしたち、あなたもあたしも、同じ穴の狢《むじな》なのよ」

「あくまでも抵抗するつもりか」

降伏勧告に対してトリントン基地からの反応は何もなかった。核兵器格納庫は無事であり、彼らにもはや選択の余地はないはずだった。だが彼らの目の前に現れたのは、二機の大型の戦闘用ヘリコプターだった。

「隊長、あれならマッチモニードの全員が乗り込めます。アスタロスも恐《おそ》らく」

「よし、攻撃しろ。これで世の中少しは静かになる」

戦闘用ヘリコプターは確かに運動性能は高かった。しかし、所詮《しょせん》はモビルスーツの敵ではない。マシンガンの三点射で機体は二機ともあっけなく墜落《ついらく》した。

「やれやれ、これで厄介事《やっかいごと》が一つ片づきましたね」

「あぁ、おかげで僕は失業さ」

「刑務所《けいむしょ》よりましだろう、レオン少尉」

「隊長、大変です！」

「どうした、アニタ？」

「オアシスがヘリコプターのエンジン音を捕捉《ほそく》しました。地形を巧《たく》みに利用しているので、正確な位置は不明ですが、脱出に成功した部隊があるようです」

「くそ、あれは陽動だったのか」

「奴らにとっては、仲間の命なんかどうでもいいってことなんだな……」

「ともかく失業の心配はお預けってことですね、隊長」

核兵器はともかく守ることはできた。しかし、レイヤー中尉の心は重い。仲間を平気で見捨てられる連中を取り逃がしてしまったからだ。そんな奴らならアスタロスの使用を躊躇《ちゅうちょ》することはあるまい。

「隊長、ジオンの放送です。極超短波で電波状態は良くありませんが、宣伝放送ではないようです」

「宣伝ではない？　この時期になんだ？」

「まさか逃げた連中と関係があるんじゃ」

「アニタ、すぐにつないでくれ」

レイヤー中尉のコクピットの中に、聞き慣れた男の声が流れる。それはオーストラリア大陸におけるジオン軍の司令官、ウォルター・カーティス大佐の声だ。

「……かくして我が軍は目標を達成した。私はここにおいてジオン公国オーストラリア駐屯軍《ちゅうとんぐん》のすべての部隊に命じる。最終命令『月の階段』を発動する。全部隊は現在進行中のすべての作戦を中止し、『月の階段』を最優先で実行せよ。作戦が成功し、一人の欠員もなく諸君らと再会できることを私は司令官として切に望んでいる……」

第四章　月の階段

U.C.0080年1月1日

オーストラリア大陸の北東部にあるヒューエンデンのHLV基地は元々は地球連邦《れんぽう》政府の施《し》設《せつ》であった。大陸内で赤道に比《ひ》較的《かくてき》近いことと、近くに空港があり幹線道路の集結地でもあるこの場所は、戦争前はオーストラリア大陸の主要な宇宙港として利用されていた。

宇宙港が交通の要衝《ようしょう》に置かれることは重要なことだ。宇宙まで一時間で行けるのに、その宇宙港に着くまで地上を一日移動するなど本末転倒《ほんまつてんとう》な話である。

ジオン軍がオーストラリア大陸を電撃《でんげき》的に占領《せんりょう》した時、真っ先に確保されたのもこのヒューエンデンの宇宙港であった。もっともここが戦略上の要衝となることは連邦軍も承知していた。このため施設を占領した時、ジオン軍はそこに宇宙港ではなく、その残骸《ざんがい》を目にすることとなる。このためジオン軍がヒューエンデンの宇宙港を再建するためには三ヶ月近い時間が必要だった。

ただ連邦軍にとっては基地の破《は》壊《かい》は賢明《けんめい》な処置だったのか、いまとなっては判断の難しい問題だろう。なぜなら基地の再建の過程で、ジオン軍は宇宙港を堅固《けんご》な要塞《ようさい》としてしまったからだ。

基地の破壊がもっと徹底《てってい》していれば再建も遅《おく》れたはずだ。しかし、連邦軍にも時間がなく、破壊した個所《かしょ》は限られていた。結論からいえば、連邦軍のやったことは、ヒューエンデンのHLV基地要塞化の手助けだったことになる。

「どう、あんた達も少しは慣れた？」

HLV基地の需品管理センターを訪れた小泉摩耶《こいずみまや》大尉《たいい》は、新入りオペレーターの二人にそう話しかけた。

「ええ、何とか。潜水艦《せんすいかん》ではこういう雑用ばかりやらされていましたから」

「あのね、ジョコンダ少尉《しょうい》、補給部隊の需品管理は雑用ではなくて、重要な支援《しえん》業務なの。わかってる？　その辺のこと？」

「あっ、それは十分に。雑用も大切な仕事であるのはわかってます」

「あんたねぇ……ティナ軍曹《ぐんそう》、何がおかしいの？」

「あっ、いえ別に」

ティナ軍曹は笑いをこらえていたが、表情が緩《ゆる》むのは抑《おさ》えられなかった。サバイバルのあの日々で、ジョコンダ少尉は彼女と共に幾多《いくた》の死線を乗り越えた。いまでも彼女は少尉に一目《いちもく》を置いている。

だが友軍——オクトパスとかいう補給部隊だそうだが——に救助され、人手が足りないからと現在の部署に配属されてからは、凜々《りり》しさの陰《かげ》に隠《かく》れていた天然ボケの才能が頻繁《ひんぱん》に顔をのぞかせるようになっていた。

彼らの上官に当たる小泉摩耶大尉は突《つ》っ込《こ》みのきつい女性だったから、二人の会話は必然的に漫才《まんざい》になった。

もっとも天然ボケでも許してもらえるのは、人徳もあるだろうが、士官としてやはり優れた資質があるためらしい。ユーコン隊でも需品管理——これが潜水艦での新任士官の仕事らしい——を任されていたとかで、彼女は仕事の概要《がいよう》をその日のうちに的確に把握《はあく》していた。

ティナ軍曹は軍曹で、教育部隊の責任者として補充《ほじゅう》部品の手配など需品部門との関係も深い。部品を出し渋《しぶ》る需品部門の裏をかくためには、敵の内情も把握していなければならなかった。そういう経緯《けいい》もあって、彼女もまた与《あた》えられた任務をそつなくこなしていた。

またそつなくこなさざるを得なかった。彼女も教官時代の経験から士官の優劣《ゆうれつ》を見分ける才能は長《た》けている。それからいうところの小泉摩耶大尉なる女性士官は決して侮《あなど》ってはいけないタイプの士官であった。

ジョコンダ少尉も過去に摩耶大尉と何かあったらしく、彼女の命令には素直に従っていた。むろんティナも彼女に対しては借りてきた猫《ねこ》のように大人《おとな》しく振《ふ》る舞《ま》っている。ただ摩耶大尉は二人が猫を被《かぶ》っているくらいはとうの昔に見抜《みぬ》いているらしい。

「しかし、大尉。この忙《いそが》しさはいつまで続くんですか？」

ティナ軍曹は、そういうと管制室の室内を見渡《みわた》す。そこは本来は小さな倉庫だったらしい。本来の管制室が業務拡張により狭《せま》くなり、端末《たんまつ》や通信回線、照明などを運び込《こ》んで管制室にしてしまったのだった。

室内には機材を押《お》し込めたためか、迷路のような配置で端末が置かれ、その中に三〇人近い人間が管制作業を行っていた。ここ一週間は三交代《こうたい》二四時間体制が続いている。しかもシフトが終わるごとに端末と人間が増えていた。室内が迷路になるのも頷《うなず》ける。

「あんた達もウォルター親父《おやじ》の放送は聞いたでしょう。ここ一両日が山ね。それよりも何であんた達は残ってるわけ？」

「お邪魔《じゃま》ですか？　私達？」

「あんた何よ、私の口からあなた達二人が残ってくれたので、作業がはかどって嬉《うれ》しいわ、ありがとう、とでも言わせたいわけ？　言っときますけどね、私はお礼参りはしても、礼は言わない女で通ってるのよ」

「大尉のお礼参りが恐《こわ》いので残ってますと言えば納得《なっとく》してくれます？」

「恥ずかしげもなく、最後まで任務を全《まっと》うするのは士官の責任ですから、なんて答えるよりはましな解答ね。士官たるもの、尊敬されるよりも恐《おそ》れられるようにならないとね」

そういうと摩耶大尉は改めて二人に尋《たず》ねた。

「じっさいのところどうなの？　確かにあなた達を拾ったのは我々だけど、命令系統も違《ちが》うし、宇宙に戻《もど》るというなら、それなりの手配もできるけど」

「私は最期《さいご》までここに残りたいんですけど……」

「どうして？」

「士官として自分を必要としてくれたのは、ここが初めてなんです……」

「適材適所も士官の仕事なんだけど……あんたは上官には恵《めぐ》まれなかったようね、まぁ、だから、いや、いいけどさ」

ジョコンダ少尉達はユーコン隊が全滅《ぜんめつ》したことを摩耶大尉から聞かされていた。彼らへの怒《いか》りでここまできた彼女だったが、いまとなっては死んだ仲間への恨《うら》みも消えている。むろん見捨てられたことを許す気持ちにはまだなれない。だが見ようによっては、彼らのおかげで彼女はここまでこれたのだ。

ジョコンダ少尉のユーコン隊への複雑な感情は摩耶大尉にもわかった。だから彼女もこの話題はそこで終わった。

「でも、一つだけ忠告しておくけど、この基地もそれほど長くは保たないわよ。せいぜい保って二日か三日ね」

「連邦軍の攻撃ですか？」

「それもあるわ。なにしろここが連邦にとっての最後の攻撃目標みたいなものですからね。オーストラリア各地から主要な部隊がヒューエンデンを目指しているわよ。でも主力の到着《とうちゃく》はまだ時間がかかるでしょうね」

「すると何が？」

「連邦軍の艦隊《かんたい》よ。奴《やつ》ら地球軌道《きどう》上に艦隊を集結させているのよ。いましばらくは大丈夫《だいじょうぶ》だけど、もうじきここから打ち上げたHLVはみんな上空で撃墜《げきつい》されるわね。それでもいいわけ？」

「ならば、なおさらです。仮にHLVに乗れたとしても、故郷へ戻れる保証もないなら同じことじゃありませんか。大尉だって」

「あたしのことはどうでもいいの。で、そっちの軍曹さんは」

「少尉が残るんなら私もいます」

「あんたまでどうして残るの？」

「一日に一回はお二人の漫才をみないと、どうにも食事がおいしくなくて……」

「あっそ、言っておきますけど、あたしはこれからブルーム基地に戻らないとならないのよ。大仕事の準備でね。おいしいご飯が食べたかったら、適当な相方《あいかた》を探すことね」

摩耶大尉は二人の意志を確認すると、そのまま管制室を後にしようとする。

「あっ、大尉」

「なに？　少尉」

「道中お気をつけて」

「あのねジョコンダ少尉、私は仕事に行くだけよ。大丈夫、連邦軍の兵力配置も大陸中央はいまはすかすかなんだから。連絡機《れんらくき》の一機や二機なら簡単に突破《とっぱ》できるわ。それより二人とも」

「何でしょうか？」

「縁《えん》があったらまた会いましょう。その時は食事を奢《おご》ってあげるわよ」

「少尉と大尉がそろって食事ですか、おいしいディナーになりますね」

こうして摩耶大尉は出て行った。そして後にはジョコンダ少尉とティナ軍曹だけが残っていた。

U．C．0080年1月1日

「まずトリントン基地の核兵器《かくへいき》はチャールビル基地の分遣隊により安全が確認された。これも単《ひとえ》に君たちの働きによるものだ。連邦軍《れんぽうぐん》の司令官として、中尉《ちゅうい》ならびに君の部下に改めて礼を言わせてもらいたい。ありがとう、諸君らの働きに感謝する」

自分のジムのコクピットの中でレイヤー中尉はスタンリー大佐と向き合っていた。中尉は複雑な思いで大佐の言葉を聞いていた。

確かに大佐からみれば、核兵器が守られたことは特筆すべき成果なのだろう。しかし、彼にとっては折角《せっかく》追い詰《つ》めたマッチモニードの主犯格を単純な陽動作戦に引っかかり、逃《に》がしてしまったことは痛恨事《つうこんじ》であった。

もっとも大佐をはじめ、それを理由にレイヤー中尉を非難する人間はいない。仲間を犠牲《ぎせい》にして自分達だけが助かろうとするなど、それは指揮官として以前に人間的に許せない行為《こうい》だからだ。

撃墜《げきつい》した戦闘《せんとう》用ヘリコプターから奇跡《きせき》的に生存者が救出されていた。重傷であったが、意識はしっかりしていた。その彼の口から出たのは、上官に対する告発だった。撃墜されることは明らかなのに、何も知らない自分達を囮《おとり》として利用した上官への告発だ。

相手は人間としての誇《ほこ》りをも捨て、その上でレイヤー中尉らと闘《たたか》っていたわけだ。違《ちが》うルールで闘う相手なら、何が起きても不思議はない。

しかし、それだからこそレイヤー中尉はマッチモニードの主犯グループを逃がしたことが悔《く》やまれてならなかった。生物環境《かんきょう》兵器アスタロスを運んでいるのは、倫理《りんり》が完全に欠如《けつじょ》した——あるいは他人に対して憎悪《ぞうお》の念しかいだけない——人間達なのである。地球の生態系の将来は、いまこの瞬間《しゅんかん》もそんな連中に握《にぎ》られているのだ。

「さてレイヤー中尉。ここで君に二つの残念な情報を知らせねばならない。まず例のトリントン基地で撃墜された戦闘用ヘリコプターだが、やはり内部にはアスタロスのサンプルはなかった。例の生存者の証言では敵の指揮官であるニアーライト少佐が運んでいるものらしい。核兵器の脅威《きょうい》は去ったが、生物環境兵器の脅威は依然《いぜん》として健在というわけだ」

「もう一つの情報とは?」

「例のジオン軍のウォルター大佐の放送だが、我々の情報部はあの放送の内容とマッチモニードの動きは関連があるものと判断している」

「それは意外ですね」

レイヤー中尉は思わずそう口にしてしまった。オーストラリアの連邦軍の間では、敵とはいえウォルター・カーティス大佐の評判は悪くない。少なくとも頭の固い主計大尉あたりよりは上であるのは間違《まちが》いない。

連邦軍の宣伝ではともかく、ヨーロッパやアメリカ大陸でのジオン軍と比較《ひかく》して、オーストラリア大陸でのジオン軍にまつわる拷問《ごうもん》、虐殺《ぎゃくさつ》の話は著しく少なかった。地理的環境《かんきょう》から宣撫《せんぶ》工作に力を入れねばならないという点を考慮《こうりょ》しても、他地域の司令官と異なるのは確かだった。

ジオン軍には武人はいても軍人はいないとはよく言われることであるが、ウォルター大佐はそうした典型的な武人の一人と思われていた。それだけにレイヤー中尉には人の姿をした獣《けだもの》、マッチモニードと武人ウォルター大佐との間の接点がわからなかった。

「貧すれば鈍《どん》す、敗北を前に彼も必死なのだろうな」

スタンリー大佐の言葉には、敵に対する憎《にく》しみというより、道を過《あやま》った友人に対するような、深い悲しみの色が感じられた。

「それでだ、中尉。我々の解釈《かいしゃく》では、最終命令『月の階段』を発動する、という放送はアスタロスの入手に成功した、全部隊はHLVで月のグラナダに脱出《だっしゅつ》するという意味である可能性が高い」

「だとしたら大佐、これはむしろ好都合ではありませんか。すでに地球の周回軌道《きどう》上からジオン軍は一掃《いっそう》されつつあります。ジオン軍が宇宙へ脱出する手段はヒューエンデンのHLV基地のみなのですから、連邦軍の宇宙艦隊《かんたい》がHLVの想定軌道上を封鎖《ふうさ》し、脱出しようとするHLVを撃墜すればアスタロスの処分も可能ではありませんか」

「そうは簡単にはいかんのだ」

「いかないとは？」

「これはここだけの話だ。じつは詳細《しょうさい》は私もまだ知らされていないのだが、ジオン軍がソーラ－レイシステムとかいう兵器を使用し、連邦軍の宇宙艦隊がかなりの打撃《だげき》を受けたという報告がある。幸いにも艦隊の壊滅《かいめつ》という事態には至らなかったが、艦隊の再編成のために地球周回軌道上の戦闘艦は現在手薄《てうす》になっておるのだ。アスタロスの重要性に鑑《かんが》み、封鎖艦隊がこちらに向かっているが、軌道上から常時オーストラリア大陸を監視《かんし》できるだけの配置を完了《かんりょう》するには、どうしても二四時間は必要だ」

「その間に逃げ出す可能性があるということですか」

「そうだ。現在、連邦軍はこのヒューエンデン周辺を封鎖中だ。必ずしも完全とはいえない面もあるが、少なくともトリントン基地から逃げ出したヘリコプターがヒューエンデンに到着《とうちゃく》したという報告はない。ヘリコプターの機動力にも限界があるからな。恐《おそ》らく連中はヒューエンデンの外でなんとか友軍との合流を画策《かくさく》しているはずだ。だから連中がヒューエンデンの友軍と合流するのをあと二四時間阻止《そし》することができたなら、奴《やつ》らは地球から脱出できなくなるわけだ」

「その間にヒューエンデンのHLV基地を攻略《こうりゃく》する作戦ですか？」

「流石《さすが》だな中尉。その通りだ、HLVは宇宙にも脱出できるが、その気になれば弾道《だんどう》飛行により地球上のどこにでも脱出することができる。賊《ぞく》が自暴自棄《じぼうじき》になってアスタロスを地球で散布などされては取り返しがつかないからな。最悪の場合でも賊をオーストラリア大陸から出してはいかんのだよ」

「HLV基地を占領《せんりょう》し、連中の退路を絶ち、さらに友軍の主力部隊が連中の背後から迫《せま》るというわけですね」

「シナリオ通りならな。まずHLVの打ち上げ阻止のために基地上空から爆撃《ばくげき》を行わねばならないが、そのためには対空陣地《じんち》を排除《はいじょ》する必要がある。これは訓練を積んだモビルスーツ部隊でしかできない仕事だ。ただ現在、オーストラリア大陸の連邦軍はこちらに移動中だが、作戦を実行できる部隊は二つしかない。北部侵攻軍《しんこうぐん》のMS部隊で、彼らはすでに移動している。そして」

「もう一つが我々ですか」

「そういうことだ。事態の複雑な背景を知り、なおかつ精強な部隊でなければこの任務は任せられない。どうだね、やってくれるかね、中尉？」

やってくれるかね？とは言うものの、嫌《いや》ですと答えられるわけはない。また答えるつもりもない。「ホワイト・ディンゴ」にとってマッチモニードとの戦闘はまだ決着がついていないのだ。

「わかりました。ただちに出動します」

「頼《たの》んだぞ、レイヤー中尉」

スタンリー大佐はそう言うと画面から消えた。「吉報を期待している」と言わなかったことにレイヤー中尉は気がついていた。確かに核兵器貯蔵施設《しせつ》での作戦などから考えれば、防空陣地の攻撃などやさしい部類の作戦かもしれない。

だがどうやら理由はそれだけではなさそうだ。防空陣地の攻撃には違いないだろうが、ヒューエンデンのHLV基地が最終防衛ラインであるのはジオン軍とて十分にわかっているはず。抵抗《ていこう》はいままでになく激しくなるだろう。

それでもスタンリー大佐がこの作戦をそれほど心配していないというのは、戦争の終結が近いためではなかろうか。大佐の話では艦隊《かんたい》が少なくない損害を被《こうむ》ったといっていたが、にもかかわらず彼の表情に悲壮感《ひそうかん》はなかった。

損害はジオン軍の秘密兵器によるものらしいが、それの意味するところも重要だろう。彼らの使ったソーラレイシステムとはどんな兵器か知らないが、そんな兵器まで投入しなければならないほどジオン軍は追《つ》い詰められているのだ。彼らが宇宙で優勢ならば、新兵器に頼《たよ》らずとも通常兵器で勝てるのだから。

「この戦争の結末も近いということか」

ある意味で、生物環境兵器アスタロスの脅威もそれ程ではなくなっているのかもしれない。戦争の方が先に終わってしまえば、アスタロスが使われる理由も消失してしまうからだ。

だがレイヤー中尉《ちゅうい》は、それほど楽観的にはなれなかった。普通《ふつう》の人間ならば、戦争が終われば武器を捨てよう。だが相手が獣ならどうか？

彼にはマッチモニードがアスタロスを捨てるとは思えなかった。奴らの行動には、何か人間全体に対する憎悪《ぞうお》のようなものが感じられた。

恐らく彼らにとって、戦争という状況《じょうきょう》こそが望ましいに違いない。その戦争が終わる時、それも自分達の敗北という形で終わるなら連中が何を行うか予想はつかない。最悪の事態さえ考えねばならないだろう。

――楽な任務などないということか。

レイヤー中尉はそう呟《つぶや》きながら、部下達を招集した。

「ホワイト・ディンゴ」を載せたミデア輸送機は敵陣《てきじん》のかなり手前で着陸した。飛行中も目的地に接近するに従い高度を大幅《おおはば》に下げていた。

飛行機も高空を飛行するのと低空を飛行するのでは、目にする地上の景色からしてちがう。高空では地面が動いているという実感はあまり感じられない。しかし、低空ではたとえ機体の速度がゆっくりであったとしても、景色《けしき》の流れる様は恐《おそ》ろしいほどだった。

ミデア輸送機はそうして適当な丘陵《きゅうりょう》の陰《かげ》に着陸する。すぐさま「ホワイト・ディンゴ」の面々は、攻撃《こうげき》地点に向かい前進する。

「アニタ、現在位置と目標地点、それと通過可能なコースを表示してくれ」

「オアシス了解《りょうかい》」

レイヤー中尉のコクピットに衛星写真を元にした地形図が現れ、赤い線で考えられる進攻《しんこう》コースが表示された。

「いやはや、えらく遠くで降ろされちまったもんだな」

「当たり前じゃない、マイク。私達が向かうのは対空陣地なのよ。そんな場所に足の遅《おそ》い輸送機で接近するなんて、撃墜《げきつい》してくださいというようなものじゃない。撃《う》ち落とされなければ歩くしかないのよ」

「そりゃ、そうだけどな。隊長、例の北部侵攻《しんこう》部隊のモビルスーツ隊も歩いて移動なんですかね？」

「彼らのジムに羽でも生えていない限り、そういうことになるだろうな」

そうは言ったものの、レイヤー中尉にもこの件に関しては確信は持てなかった。いつものように部隊の派遣は急であり、自分達以外の部隊については必ずしも正確な状況を把握《はあく》していなかった。もっともそれは北部侵攻軍の部隊も同様だろうが。

それよりも彼には航空部隊のことが気になった。爆撃隊《ばくげきたい》のスケジュールがまるで届いていないのだ。連絡《れんらく》の悪さというよりも、意図して報《しら》せないということらしい。

もっとも、これ自体はそれほど珍《めずら》しいことではない。モビルスーツパイロットの中には航空機パイロットから転身した者も少なくない。かくいうレイヤー中尉自身が、戦闘機《せんとうき》パイロットからの転身組だ。

このため航空機パイロットとモビルスーツパイロットは同じ連邦軍《れんぽうぐん》の中でも強い対抗《たいこう》意識を持っていた。この対抗意識が良い結果を生み出すこともちろんある。モビルスーツ隊と戦闘機・爆撃機隊との競争から、予定よりも一月も早く陥落《かんらく》したジオン軍陣地もあるほどだ。だがこの競争は一歩間違《まちが》えれば足の引っ張り合いになることも悲しいかな珍しくない。

圧倒的《あっとうてき》な兵力の優勢を誇《ほこ》っていたにもかかわらず、航空隊とモビルスーツ隊の対立からまんまと包囲網《ほういもう》から逃げられた経験がやはりあるのである。

どうやら今回の場合は北部侵攻軍内部でモビルスーツ隊と航空隊との競争というか対立があるようだ。「ホワイト・ディンゴ」はどうやらそのとばっちりを食って情報から阻害《そがい》されているらしい。

通常なら「ホワイト・ディンゴ」の任務の重要性を考えれば、こんなことは起こらないように思われるだろう。先日はトリントン基地で核兵器奪還《だっかん》を阻止したばかりだ。そして生物環境兵器アスタロスの追跡任務はいまも続いている。

だが皮肉なことに彼らの任務は重要であったが故に、機密性が高かった。つまり彼らの任務について、知ってる人間は少ないわけだ。そのため彼らを無視しようとする部隊も出てきてしまうのだった。

——下手《へた》をすると無駄足《むだあし》になるかもしれんな。

レイヤー中尉にはそれも若干《じゃっかん》の気がかりだった。北部侵攻軍のモビルスーツ隊が彼らの存在を知らないことは十分に考えられる。連絡がないことそのものが、それを裏づけているといえるだろう。

彼自身も小なりとはいえ部隊指揮官だからわかるのだが、ある程度大きな部隊は外部からの援助《えんじょ》を嫌《きら》う傾向《けいこう》がある。外部からの増援《ぞうえん》部隊は確かにありがたい場合はある。しかし、指揮系統の調整やなんやかやと面倒《めんどう》な部分も少なくない。

これは連邦軍特有の問題だといっても良いだろう。文化的に単一的なジオン軍と異なり、連邦軍は多様な文化地域の出身者から成り立っている。そんな部隊同士が共同戦線を張らねばならない時、言葉というのは意外に大きな障害となる。

メディアの発達により、地球連邦の言葉の問題はなくなったかのように見られがちだが、現実には単に問題が顕在化《けんざいか》しなくなっただけで、言葉の障壁《しょうへき》は依然《いぜん》として根強いものがあった。

地球連邦政府も地域文化の多様性は建前《たてまえ》では認めており、保護もしていたので、地球での言語の問題は相変わらず解決していなかったのである。

だがもっと厄介《やっかい》なのは、英語圏《けん》の問題だった。こっちは似ている部分が多いからこそ、わずかな意味の違いが重大な事態を招くことがあった。

北米地域では二階はセコンド・フロアーであるが、イギリス地域ではファースト・フロアーと呼ばれる。二階と一階の呼び方が違う程度なら笑って済ませられよう。しかし、戦場ではそうも言っていられない。

例えば北米地域では「a little bit sticky」とは「いささか厄介」程度の意味である。ところがこれがイギリス地域では「きわめて深刻な事態」となってしまう。このような状況で味方の増援を要請《ようせい》すればどんな悲劇が起こるかは容易に想像がつく。

実を言えば人類の戦争の歴史の中で、こうした問題は古くから指摘《してき》されていた。歴史の中に現れた巨大帝国――言葉の異なる他民族を抱《かか》える――では、常にこのことが問題となった。

従ってこの問題に対する対策《たいさく》も意外に古くから立てられている。例えば第一次世界大戦時代には、多民族国家のオーストリア帝国はアルメー・ドイッチェ、いわゆる軍用ドイツ語という人工言語を用いていた。

これは単語総数二〇〇ほどしかなく、一つの単語の意味が厳格に決められていた。このため単語の意味を取り違えることもなく、戦場という限定された場面では正確に意思の疎通《そつう》をはかることができたという。

だがモビルスーツを始めとする複雑な戦闘システムが多用される今日の戦場では、こんな人工言語は絵に描《か》いた餅《もち》だ。二〇世紀初頭の単純な軍隊なら、単語総数二〇〇でも何とかなっただろう。しかし、いまの軍隊は兵器の種類だけでも二〇〇以上ある。到底《とうてい》現実的な解決法ではない。

コンピュータとネットワークによる解決もはかられたこともある。しかし、それもミノフスキー粒子《りゅうし》により、軍用通信の信頼性《しんらいせい》が著しく低下している今日では、やはり現実的ではなかった。

結局、いまの連邦軍は言語の不一致による事故を避《さ》けるためにも、気心の知れた自分達の部隊以外と共同作戦を行うことは、どちらかといえば消極的だったのだ。

「隊長、航空隊って出動してましたっけ？」

ジムのコクピットにアニタの姿が現れる。何か腑《ふ》に落ちない表情だ。

「航空隊か、一応、対空陣地を突破《とっぱ》した後に航空隊が出撃《しゅつげき》することになっているが」

「そうですか……」

「航空隊がどうかしたのか？」

「いえ、連邦の航空隊らしい微弱《びじゃく》な電波を傍受《ぼうじゅ》したので。数は複数なので部隊ではないかと」

「内容はわかるか？」

「いえ、残念ながらそこまでは。通信電波の波長やパルス形状からデータベースで割り出しただけですので。それから判断すると連邦軍の通信用電波と思われます」

「よく、そんな電波が傍受できたな。北部侵攻軍がこの辺にはミノフスキー粒子をばら撒《ま》いていたはずだがな」

「高々度を飛行する航空機の電波なら、周辺にミノフスキー粒子があってもスポット的に受信することは可能だそうです」

「うーん、わからんな。爆撃隊に先立つ偵察隊《ていさつたい》かもしれないぞ。偵察機なら高々度を飛行しても不思議はないだろう」

「確かに、そうですね、隊長」

「ホワイト・ディンゴ」の一団は、そのまま前進を続けた。

敵の防衛線が近いため、距離《きょり》の割には前進速度はあがらない。ジオン軍のセンサーの類《たぐ》いは、連日の戦闘で大半が破壊《はかい》されている。しかし、一〇〇個のセンサーの九九個を破壊したとしても、一個残っていれば部隊の移動はもはや隠密裏《おんみつり》とはいえない。

オアシスはそうしたセンサーを発見し、無力化しながら部隊の進撃路《しんげきろ》を切り開いて行った。幸い激戦が続いているため、生き残っているセンサーは少ない。この状況でなら、多少のセンサーが破壊されても、ジオン軍は機器の寿命《じゅみょう》と判断してくれるだろう。

「隊長、やはりこのルートは北部侵攻軍が通過したルートではないみたいですね」

「わかるか？」

「はい、生き残っているセンサーが幾《いく》つかあります。また地面の赤外線パターンもここ数日この付近を通過したモビルスーツや車輛《しゃりょう》がないことを示しています」

「共同作戦とは行きそうにないか」

「でも隊長……」

「なんだ、レオン少尉」

「状況からいえば北部侵攻軍の方が我々よりも先行しています。そのうえ彼らはもしかすると我々が同じ戦場に向かっていることを知らない可能性があります。ということはうまくすれば我々は北部侵攻軍が敵の注意をひきつけている間に、敵の背後に出ることもできるんじゃないでしょうか？」

「さぁ、それほど都合良く行くかな。案外と北部侵攻軍こそが、我々が彼らより前進してジオン軍の注意をひくのを待っている可能性もあるぞ」

「だからルートが啓開《けいかい》されていないというわけですか……」

「もっとも北部侵攻軍が航空隊と競争をしている可能性がある以上、彼らが待ちに入るのはちょっと想像しがたいがな」

「ホワイト・ディンゴ」はこうして敵にも味方にも遭遇《そうぐう》しないまま、なお敵陣へと進む。ミノフスキー粒子と地形が災いしてか、友軍の通信はまるで入らない。近くに居るのかどうかさえはっきりしなかった。

「隊長、前方に大量の金属反応があります。パターンははっきりしませんが赤外線反応も……これは、かなり強いわね」

「アニタ、そいつの正体はなんだ？　敵か味方か？」

「それはまだ……いま赤外線パターンの照合を……えっ、何ですって！」

「どうした、アニタ！」

「隊長、前方の赤外線反応は、オアシスのデータベースとの照合によれば航空機です」

「おい、アニタ。航空機ってあの空を飛ぶ航空機か？」

「当たり前でしょ、マイク。水に潜《もぐ》ったらそれは航空機じゃなく潜水艦《せんすいかん》」

「それでアニタ、機種はわかるか？」

「赤外線パターンの形状からだけで判断すると……フライマンタ戦闘爆撃機である確率が八五パーセントです」

「フライマンタ？　連邦の戦闘爆撃機じゃないか、なんでそんなものがこんなところにあるんだ？」

「そんなことあたしが知るわけないでしょ、信じられなくても事実は事実なの」

「まずいな、これは……」

「何がですか、隊長」

「それは北部侵攻軍の航空隊だろう」

「隊長、そんな馬鹿な。航空隊は我々が対空火器陣地を破壊してから……」

「破壊する前に強行突破を試みたんだろう。まぁ、接近すればわかる」

前進してすぐにオアシスがとらえていた残骸《ざんがい》の姿がジムのセンサーでも確認できるようになった。それは間違いなく連邦軍の主力戦闘爆撃機フライマンタの残骸であった。

オアシスのセンサーが捉《とら》えた機体は、比較的原型をとどめていた。墜落《ついらく》の瞬間までエンジンの一部が生きていたのだろう。

だが他については、航空機の残骸ということを知っていなければ、何が起きたのかさえわからないような金属の破片となっていた。そんなものが彼らの目の前に広範囲《こうはんい》に散っていた。

「ひでぇもんだなぁ……」

「たぶん航空隊は超高空から進攻《しんこう》することで、ジオン軍の対空陣地をやり過ごす積もりだったんだろう。だが彼らの予想以上にジオン軍の対空陣地は強力だったんだ。その結果がこれだ」

「ミサイルですか？」

「いや、ミサイルじゃないだろう」

「どうしてわかるんですか、隊長」

「自分も元はパイロットだったからな。これだけ広範囲に破片が飛び散り、落下地点がこれほどの惨状《さんじょう》になっているというのは、機体が超高空から落下した証拠《しょうこ》だ。だがミサイルによる撃墜なら、機体形状が原型をとどめている機体が若干でもあるというのはおかしい。その機体を見た感じでは、それは比較的口径が小さく、初速が異常に早い運動エネルギー兵器によるものだろうな」

「高射機関砲ですか？」

「まぁ、その類いだろうな、レオン。対空射撃用のレールガンか何かだろうな」

レイヤー中尉は、憤《いきどお》りを感じていた。モビルスーツ隊に頼《たよ》りたくないというならそれでもいいだろう。だが航空隊だけで片をつけるなら、それなりの準備が必要だったのではないか？

彼らは超高空を飛行すれば対空火器をやり過ごせると考えたのだろう。だがそう考える前にジオン軍の対空陣地の実情をもっと真剣に研究すべきではなかったのか。

だがそんなことができるわけはない。北部侵攻軍の航空隊がこの付近に展開してきたのは、ごく最近のことなのだ。

結局、彼らは単にモビルスーツ隊に遅《おく》れたくないというただそれだけの下らない理由で、無《む》謀《ぼう》な突撃《とつげき》をしたことになる。下らない競争さえしなければ、彼らは死なずに済んだ。そしてより多くの戦果を挙げることができただろう。

戦争はもうじき終わるのは明らかだ。それを思うと彼らの死は二重の意味で無駄《むだ》死《じ》にだった。その責任の大半は、目の前の残骸の持主達にあるとはいえ、彼にはそれですべてを納得《なっとく》する気にはなれなかった。

連邦軍は戦争には勝つだろう。しかし、こんな事故を起こしてしまう連邦軍とは何なのか？地球連邦はこの戦争で何も学んでいないのか？　目の前の残骸を見る時、レイヤー中尉はそんな考えをどうしても払拭《ふっしょく》することができなかった。

彼を現実にひき戻《もど》すのは、常にアニタの声だった。

「隊長、また微弱《びじゃく》ですが通信電波を傍受しました。内容は不明ですが、敵味方が入り乱れています」

「北部侵攻軍のモビルスーツ部隊か？」

「通信電波の波形などから分析《ぶんせき》すれば、まず間違いありません」

「どうやら彼らの方が先に攻勢に出たようだな」

撃墜された航空機を触《さわ》らないようにしながら、レイヤー中尉らは再び前進する。

「アニタ、通信から友軍の現在位置はわかるか？」

「可能なルートと通信電波の方位から考えると、北部侵攻軍はここに居るものと思われます」

コクピットに地図が現れる。それには「ホワイト・ディンゴ」の現在位置と共に、友軍の想定位置も記されていた。

「やっこさんら、そうとう自分達に自信があるんですかね。こりゃ、真正面から突《つ》っ込《こ》んでいますぜ」

「そのかわり地形的にはモビルスーツの活動には向いているな。どうやら敵陣の研究を怠《おこた》っていたのは、航空隊だけじゃなかったようだな」

どうやら北部侵攻軍全体が、この対空陣地に関して不完全な情報のままに攻撃を開始してしまったらしい。あるいはジオン軍の急激な戦力の増強に、彼らが持っていた情報がすでに古くなっていたことも考えられる。

いずれにせよ彼らの攻撃は極めて危険なものだった。なにしろ敵の実態を知らないのである。

「隊長、よろしいですか？」

「なんだ、レオン」

「この地図から判断すると、我々が向かっている部分は北部侵攻軍が攻撃をかけている部分の背後となりますね」

レオンの言う通りだった。彼らが北部侵攻軍の動きがつかめなかったのも道理、ルートとしてはもっとも遠いコースを選んでいたからだ。

「ホワイト・ディンゴ」はその点、いつものように地形を利用して相手に気づかれないように接近していた。もっともこれだけで北部侵攻軍の戦術を非難はできないかもしれない。

兵力としては北部侵攻軍のモビルスーツ部隊の方がはるかに規模が大きい。それが正面突破を選んだ理由だろうが、同時に大規模なモビルスーツ隊ともなると、行動できる場所は地形的にかなり限られたものになる。ヒューエンデンのＨＬＶ基地周辺では、大部隊が活動できる場所は、いま北部侵攻軍が闘《たたか》っているまさにその地点だ。だからこそジオン軍も強力な防備を敷いていたわけだ。

理想を言えば、「ホワイト・ディンゴ」のような小規模なモビルスーツ小隊を多数用意し、地形を利用しつつ、分散しつつ連携《れんけい》して接近するのが望ましい。そうすれば敵にも発見されず、兵力の分散も最小限に抑《おさ》えながら、敵の防備のもっとも弱いところを奇襲《きしゅう》できるだろう。

だがこれはかなり訓練を積んだ部隊でなければ実行不可能だ。しかも、参加するすべてのモビルスーツ小隊に高い技能が求められる。一〇個の小隊のうち、一個の小隊、いや一機のモビルスーツが発見されただけで、奇襲は失敗だ。

レイヤー中尉は「ホワイト・ディンゴ」ならそれが可能であるとの自信はある。しかし、連邦軍のモビルスーツ隊がすべて彼らのような高い技量を持っていると考えるほど楽観的ではない。

「ホワイト・ディンゴ」にしても最初からモビルスーツパイロットだった奴《やつ》はいない。自分は戦闘機パイロットだった。レオンは最初は戦車兵だったというし、マイクに至っては軍楽隊の人間だったという。

パイロットが足りないのはジオン軍ばかりでなく連邦軍も同じだ。ましてモビルスーツの戦術投入では連邦軍はジオン軍より頭一つ出遅《でおく》れている。連邦軍のモビルスーツパイロットの熟練パイロットの絶対数は少ない。それが高度な戦術の実行を阻《はば》んでいた。部隊規模が大きくなればなるほど、そうした傾向《けいこう》が目についた。スタンリー司令官がレイヤー中尉らに矢継《やつ》ぎ早《ばや》に過酷《かこく》な任務を負わせるのも、それなりの必然があったのだ。

「よし、我々は敵の注意が北部侵攻軍にひきつけられている間に、ここへ進出する」

レイヤー中尉は地図の一点を示す。

「隊長、これだと攻撃目標が少し中途半端《ちゅうとはんぱ》じゃありませんか?」

「そう思うか、マイク」

「隊長のビームライフルが敵の対空火器をつぶし、俺《おれ》とレオンが地上制圧用の火器を潰《つぶ》すわけですよね。でもこの攻撃目標では、敵の中心からズレていませんか？」

「そうだ、この陣地《じんち》そのものは、必ずしも敵の防衛拠点《きょてん》の中心ではない」

「ならどうして……」

「君たち二人がここの地上火器を破壊し、私がこの対空火器を破壊すれば、このくぼ地は誰からも攻撃されないだろう」

「確かに他の火力からの死角ですが、我々が前進するのには……」

「我々はここから前進はしないさ」

「どういうことですか、隊長？」

「北部侵攻軍さ。ここの間隙《かんげき》は北部侵攻軍が突入《とつにゅう》するには絶好の場所だ。ここから北部侵攻軍の右翼《うよく》側が突入すれば、この周囲の敵の陣地は包囲される二方向からの攻撃にさらされる。早晩、無力化されるだろう」

「そこまで考えて……」

「何を驚《おどろ》いているのよ、隊長はあんたたち二人とは違うのよ。だから隊長をやってるの、そうですよね隊長？」

レイヤー中尉はただ苦笑するだけだった。能力で二人とさほどの違いがあるわけじゃない。

ただ唯一《ゆいいつ》違うとすれば、指揮官という立場、それだけだ。だからもしも二人が将来、やはり部隊指揮官となったなら、きっと同じような判断を下しただろう。彼にはそんな確信があった。

「それで、我々の主要目標は？　火力をたたくのは北部侵攻軍で十分だとすれば」

「レオン、ジオン軍陣地にだってモビルスーツくらいあるぞ」


「前方よりモビルスーツ、三機接近中。いずれもザクと思われます！」

レイヤー中尉の思惑《おもわく》は的中した。「ホワイト・ディンゴ」の奇襲により、正面突破を試みていた北部侵攻軍のモビルスーツ部隊は、その右翼隊を一気に前進させることに成功していた。

ジオン軍の防備は確かに強力だった。しかし、要塞《ようさい》築城に十分な時間がなかったためか、縦深はどうしても浅くなった。正面の陣地群さえ突破してしまえば、そこから先の抵抗《ていこう》は急激に手薄《てうす》になる。

恐《おそ》るべき高速弾《こうそくだん》により接近するモビルスーツを次々と撃破《げきは》していた対空火器群も、一度に複数の方角からの攻撃には堪《こら》え切れなかった。

正面突破成功から三〇分後には、めぼしい火力陣地は沈黙《ちんもく》していた。ジオン軍も連邦軍がこれほど短時間に防衛陣地を突破するとは予想していなかったらしい。

基地の防衛を任されていたモビルスーツ隊が現れた時には、要塞はほとんどその機能を失っていた。そして戦場はモビルスーツの入り乱れる混戦状態となっていた。

「アニタ、どうした、コンソールのＩＦＦ（Identification Friend or Foe：敵味方識別装置）が安定しないぞ！」

「誰《だれ》かがミノフスキー粒子《りゅうし》を散布しています！　それでセンサーの反応が安定しないんです！」

「この地形じゃ、目視しか頼《たよ》りになりませんよ隊長！」

マイクは一機のザクにマシンガンをたたき込《こ》みながら、怒鳴《どな》る。敵陣侵入には役立った地形だが、こうしてモビルスーツ同士の乱戦となると、呪《のろ》いたくなるほど邪魔《じゃま》だった。

ジオン軍のパイロットは確実に腕《うで》をあげていた。少なくともここにいる連中は、地形を巧《たく》みに利用することを知っている。

もっともそれは連邦軍のパイロットも同じだ。だから激しい機動が繰《く》り返される割には、効果的な打撃を相手に与《あた》えられない。そのかわり、わずかなミスは確実に致命傷《ちめいしょう》になった。戦場は優れた側が勝つのではなく、間違いをより多くおかした方が負けるのである。

「あら、これは？」

「どうしたアニタ！」

「いえ、おかしな反応が、データベースにない何かの……いや、ザクです。新手《あらて》が現れました！」

新手のザクは三機一組で行動していた。見るからに手ごわそうだ。

そのザクには風神雷神のタトゥが描《えが》かれていた。『荒野《こうや》の迅雷《じんらい》』の部下達だ。

――風神雷神《ふうじんらいじん》か。

「みんな注意しろ、この三機はいままでと違うぞ！」

三機のジムとザクは、錯綜《さくそう》した地形の中で、急激に距離《きょり》を接近させて行った。「ホワイト・ディンゴ」の面々は、だからアニタが瞬間的《しゅんかんてき》に捕捉《ほそく》した未確認のセンサー反応の意味をあまり深く考えなかった。


「いいわね、このコースで抜《ぬ》けるわよ」

ニアーライト少佐は、部下達に地図データを転送し、そう命じた。彼らはトリントン基地から脱出した時に使った二機の輸送用ヘリコプターに乗っていた。

総勢三〇名ほどにまで減っていたが、それを二機のヘリコプターに収容し、ここまで逃げてくるのは簡単ではなかった。それでも彼は自分についてくれば全員を宇宙に脱出させると約束していた。

単に逃げるだけなら三〇人は多過ぎる。いや普段《ふだん》の彼なら自分一人だけがアスタロスを持って宇宙へ脱出することを考えただろう。だがいまは三〇人の部下がどうしても必要だった。復讐《ふくしゅう》のためである。

トリントン基地を脱出した後、彼らはこのヒューエンデンのHLV基地手前まで、命からがら逃げてきた。彼はすぐに基地に対して迎《むか》えを寄越《よこ》すように命じた——彼の辞書には依頼《いらい》という単語はない。人は命じるか、命じられるかのどちらかなのだ。

だがヒューエンデンのHLV基地の返答は信じ難いものだった。

「迎えにはいけない。そちらのヘリコプターが基地に入ることも認められない。接近すれば撃墜する」

そしてそれ以降、通信装置は返事さえ寄越さない。完全に無視された形だ。そしてニアーライト少佐にとって、他人からそうした振《ふ》る舞《ま》いをされることは、忌まわしい少年時代の記憶と分かち難く結びついていた。

彼の脱出計画は、この段階で大きく軌道《きどう》修正された。

——あたしを馬鹿にした連中を殺す。

もはやザビ家もアスタロスもどうでもよくなっていた。自分を虫けらのように扱《あつか》った連中をそのままにしておくことなどできない。彼は他人は虫けらのように扱うことを何とも思わなかった。しかし、自分がそう扱われることには、異常なまでに敏感《びんかん》だった。

だが復讐をするためには、堅固《けんご》な防空陣地を突破しなければならない。それはたかがヘリコプター二機ではどうにもならない問題だった。

この状態で彼の唯一の希望は、連邦軍がここを攻撃してきた時、その混乱に乗じてここを突破することだった。じじつ、彼がここに身を潜《ひそ》めてすぐに、連邦軍の航空隊が爆撃を試みた。

だがこれらはマッチモニードの期待も虚《むな》しく、次々と撃墜された。

それでもニアーライト少佐は希望を捨てなかった。ウォルター大佐の放送は彼らも聞いていた。当然、連邦軍も聞いているはずだ。「我が軍は目標を達成」の意味は不明だが、ともかく宇宙へ脱出しようとしているのは間違いない。そしてオーストラリア大陸でそれが可能なのはヒューエンデンのHLV基地だけである。

ジオン軍はそこを是《ぜ》が非《ひ》でも守ろうとするだろう。当然、連邦軍もこの場所は何としてでも攻略しようとするはずだ。第一幕は連邦軍の敗北に終わったが、すぐに第二幕が開くはずだ。連中が馬鹿でない限り、同じ過《あやま》ちはしないだろう。

果たして、連邦軍は来た。爆撃が失敗したためか、彼らはモビルスーツ隊で攻撃を試みる。そしてこれは当たった。

連邦軍は突入に成功し、今度はジオン軍のモビルスーツ隊が迎撃《げいげき》に向かう。戦場は乱戦となったが、それこそが彼の待っていたものだ。

二機のヘリコプターは地上に接すると思うほどの低空を、地形を縫《ぬ》いながら飛行する。そしてついに彼らは、ジオン軍の防衛線を突破することに成功した。

「少佐、このまま要塞へ？」

「まぁ、お待ちなさい。物事何にでも順番というものがあるのよ」

少佐の計画はすでに決まっていた。

第五章　HLV基地

U.C. 0080年1月2日

「本当か、レオン？」

「はい、自分もそれなりに情報部にはルートがありますから」

「だとすると、HLV基地の攻略《こうりゃく》は遅《おく》らせるわけにはいかんな」

「ホワイト・ディンゴ」の面々は後から到着《とうちゃく》した支援《しえん》部隊共々、占領《せんりょう》したばかりのジオンの対空防衛陣地《じんち》に臨時の拠点《きょてん》を設けていた。大型トラックを改造した移動式の宿舎は、高級ホテル並みとは到底《とうてい》言えないものの、シャワーと温かい食事は保証してくれる。

同時にこうした移動式宿舎に寝泊《ねと》まりしている間は、前線はすぐ目の前であることを意味していた。事実彼らの拠点からは、HLV基地の対空火器と連邦軍《れんぽうぐん》航空隊の戦闘《せんとう》を見ることができた。

昼間の戦闘でヒューエンデンのHLV要塞《ようさい》基地外縁《がいえん》の防衛陣地を突破《とっぱ》したことにより、本丸までの距離は一気に近づいた。だが同時にジオン軍の防衛火器の密度は、戦線の縮小と共に高くなって行く。

ジオン軍陣地のミサイルや高射砲《こうしゃほう》の距離は、キロ単位で離《はな》れていたものが、メートル単位の距離にまで接近し、いまやセンチ単位で測れるほどになっている。このため航空隊の損害は少なくない。

しかもジオン軍の精鋭《せいえい》部隊らしいモビルスーツ小隊――指揮官は『荒野《こうや》の迅雷《じんらい》』ではないかと皆《みな》は噂《うわさ》した――が、地形を巧《たく》みに利用して航空基地に進出。航空機が出払《ではら》って手薄《てうす》な飛行場の管制塔や支援施設を破壊《はかい》してしまった。

このため連邦軍航空隊は、空からのHLV基地襲撃《しゅうげき》が半日は不能となった。地球連邦の上層部でどんな動きがあるのかはわからないが、司令部はともかくオーストラリア大陸から一刻も早くジオン軍を一掃《いっそう》したいらしい。そうした空気は現場部隊にまで伝わっていた。

レイヤー中尉《ちゅうい》がレオン少尉《しょうい》からそのことを聞かされたのは、そんな時だ。どうにも眠《ねむ》れず、移動式宿舎の外を歩いていると、声をかけてきたのが彼だったのだ。

「もちろん誰《だれ》かがマッチモニードを目撃《もくげき》したわけではありません。ですが、連邦軍の後続部隊はこの地域に集結しています。彼らが特殊《とくしゅ》部隊であれなんであれ、モビルスーツを失ったいま、それらの部隊を突破するとは考えられません」

「そうなるな……認めたくはないが」

レオン少尉が独自のルートで知ったのはマッチモニードに関する情報だった。どうやらマッチモニードはすでにヒューエンデンのＨＬＶ基地に到着《とうちゃく》したらしい。

「実を言えば連邦軍上層部は、マッチモニードについては楽観していたようです」

「楽観していた？　アスタロスなどという危険な兵器を持っているのにか？」

「じつはどうやらジオン軍内部でも抗争《こうそう》があったようなんです」

「ジオン軍内部で抗争だと？」

「はい、情報部の調査によればマッチモニードは特殊部隊というよりも、キシリア・ザビの私兵のような存在であったようです。オーストラリア駐屯軍《ちゅうとんぐん》としては、彼らは厄介者《やっかいもの》だったようですね。それが核施設《かくしせつ》襲撃を独断で行ったことにより、どうやら両者は徹底的《てっていてき》に対立することになったようです」

「ジオン軍もようするに人間の集団だったわけか」

それはレイヤー中尉にとって、幾《いく》らか慰《なぐさ》められる話だった。いかにジオン軍とはいえ、勝つためだけに生物環境《かんきょう》兵器や核兵器を振《ふ》り回すような輩《やから》ではなかったわけだ。

「マッチモニードがＨＬＶ基地に中々到着できなかったのは、ジオン軍の防衛陣地が通過を拒《きょ》否《ひ》していたためらしいです。通信を傍受《ぼうじゅ》していた部隊によると、それは激しいやりとりがあったそうです。ジオン軍も生物環境兵器なんぞを宇宙へ持ち出す積もりはなかったということでしょう」

「奴《やつ》らを防衛陣地の手前で足留《あしど》めすれば、連邦軍が処分してくれるというわけか」

――だったら、我々が昼間に行った戦闘は、却《かえ》ってマッチモニードを利することになっただけか。

レオン少尉ははっきり言わないが、マッチモニードが防衛陣地を突破できたチャンスは、モビルスーツ同士の乱戦になったあの時をのぞいて他にはない。航空隊の支援もあり、陣地は連邦軍により簡単に占領できた――航空隊とモビルスーツ部隊がもっと速く連携《れんけい》していれば良かっただけのことだが。

あの後は外部から侵入《しんにゅう》するのは不可能だろう。そうであればマッチモニードはＨＬＶ基地の中に居ることになる。生物環境兵器アスタロスと共に。

だがそれはそれで良かったのかもしれない。ジオン軍がアスタロスを巡《めぐ》ってマッチモニードと対立していたということは、仮に彼らがＨＬＶ基地に到着したとしても、宇宙に脱出することはないだろう。基地の人間達が何よりそれを拒否するだろうからだ。

「しかし、ちょっとわからんな。ジオン軍があえてマッチモニードに対してそういう態度に出たというのは、この戦争の終結が近いからなのは間違《まちが》いあるまい。だとしたら、自分達が危険な生物環境兵器を開発していたことを知られるのは、不利になるんじゃないのか？　密《ひそ》かに処分する方が有利だし、また簡単だったんじゃないか？」

「それについて二、三噂を耳にしたんですが……」

「君の噂話を聞くのも久しぶりだな」

「ええ、でも、これは本当に噂ですから。もっとも情報部筋の噂ですけどね。それによるとウォルター大佐らがマッチモニードと密かに接触《せっしょく》しなかった理由の一つは、彼らを我々に対する囮《おとり》として利用するためのようですね」

「つまり連邦軍の戦力をマッチモニード探索《たんさく》に費やさせて、その分だけ戦力を削《そ》ごうということか」

「ええ、どうやらそのようです。じっさい連邦軍、特に情報部関係は最優先で連中を追っていましたから。ウォルター大佐が何をしているかよりも、マッチモニードがどこに居るかの方が、優先順位が高いくらいでしたからね」

「連中もけっこう人気者だったんだな」

「というか、ウォルター大佐は核も生物兵器も持っていませんからね」

「他にはどんな噂があるんだ？」

「こっちの噂はわりと生臭《なまぐさ》いんですが、ジオン軍の一派は明らかに反ザビ家で動こうとしているようです。これはオーストラリアに限らず、各地のジオン軍でも見られる傾向《けいこう》ですが。ザビ家もじつはそれほど国民の支持は受けていないということのようです」

「それが、マッチモニードとどんな関係があるんだ？」

「反ザビ家の一派は、マッチモニードを連邦軍の手で処分させることで、ザビ家の戦争犯罪を立証する証拠《しょうこ》を与えようとした。そう分析《ぶんせき》する人もいますね。連邦の追及がザビ家に絞《しぼ》られれば、追及を免《まぬか》れる人間も少なくないはずです。地球連邦にしても、サイド3の住民をすべて監《かん》獄《ごく》に送るわけにも行きませんからね。サイド3を連邦に忠実なコロニーとするためには、悪いのはすべてザビ家であるとしてしまうのが一番です。ジオン軍もそれはわかってますから、そのための材料としてマッチモニードを我々に渡《わた》そうとしたわけですよ」

「レオン……君はよくもそんな噂を聞きながら、何の迷いもなく任務に邁進《まいしん》することができるな」

「だって隊長、これだって噂にしか過ぎないんですよ。噂は噂、何が本当かは自分が決めるしかないじゃありませんか。迷うなんていつでもできます」

「君は強い人間なんだな」

「さぁ、どうでしょうね。もしも仮に強くなっていたとしたら、それは隊長の下で働けたからかもしれませんよ」

U.C. 0080年1月2日

「全員、揃《そろ》いました」

「よし、手順はわかっているわね」

「はいっ!」

ニアーライト少佐の前には完全武装を整えた三〇名弱の部下達がいた。しかし、彼は部下達の姿にさほど感銘《かんめい》は覚えない。少佐にとって、この三〇人も駒《こま》に過ぎないからだ。もっとも今の状況《じょうきょう》では、この駒が大切なのは間違いない。

「では、最後にもう一度確認するわよ」

少佐がそういって立っているのは、彼らをそこまで運んできた二機のヘリコプターの残骸《ざんがい》の前だった。発見されないように火は放たなかったが、コクピットやエンジンには銃弾《じゅうだん》が撃《う》ちこまれ、もはや飛ぶことはない。

すべて少佐が一人でやったことだ。この場所に着陸するや否や、彼は機体を破壊した。それは部下達に退路はないことの宣言でもあった。ＨＬＶで宇宙に脱出するより、彼らにはもう道はない。

もっとも少佐自身は、すでに脱出のことなどどうでも良かった。オーストラリアの連中は、キシリア直属部隊がアスタロスをもっているのが気に入らないらしい。なんとしてでも、彼らがそれをもって宇宙に脱出するのを阻止したいらしいのだ。

だからこそ少佐は是が非でもＨＬＶで宇宙へ行こうとしていた。自分達のＨＬＶが奪《うば》われ、あまつさえアスタロスまで強奪《ごうだつ》に失敗したことを、連中の目の前で見せてやるのだ。少佐の目的は、連中に奴らの馬鹿さ加減を思い知らせることにある。

それさえできたなら、ＨＬＶが大気圏《たいきけん》で燃えつきようがどうしようが関係ない。彼は他人の命などには髪《かみ》の毛ほどの価値も感じていない。なぜなら彼は自分の命にさえも、価値を感じたことがなかったからだ。

彼は他人を傷つけることでしか、他人との距離感をとることができなかった。深い劣等感《れっとうかん》があるが故に、何としてでも他人より優位であることを証明せねばならない。それが彼だった。彼は他人が嫌《きら》いだった。自分自身と同じくらいに。

「このようにHLV基地の施設は広い。そしてこの周辺にはかなり強力な対空火器が配置されている。しかし、弱点もある」

ニアーライト少佐は、HLVの発射台を中心にほぼ同心円状に広がる防衛線を指差す。基地の様子はヘリコプターの残骸の機体の表面に投影されていた。

「HLVはロケットよ。だから発射台から一定の距離は噴射炎《ふんしゃえん》を避《さ》けるために人は入れないようになってるわ。当然ここに対空陣地もない。でも、これがある」

HLV基地はジオン軍が再建したものだった。そのため使われていない旧施設の一部がいまも放置されている。ロケット発射台への注排水《ちゅうはいすい》設備の一部がまさにそれだった。

「連邦軍が破壊する前、いまの発射台とは別にことここにも発射台があったのよ。だからこの排水溝《はいすいこう》を使えば、この旧発射台までは難なく進めるわ。そしてここまで来てしまえば、もう要塞《ようさい》の中に入ったも同然ね」

ニアーライト少佐の話だけを聞けば、基地内への侵入は簡単だと思われた。部下達からは質問すらなかった。それに満足すると、彼は命じた。

「出発！」

三〇人の完全武装の兵士達は、ヘリコプターの残骸《ざんがい》の近くにある排水溝から中へ入る。排水溝とはいえ、設備自体は使われていないため、中はすっかり乾燥《かんそう》していた。電気も何もなかったが、彼らは暗視装置を装着したまま暗いトンネルを進む。

「少佐、成功しました。もう警報装置は我々を味方だと認識しています。誰も我々に怪しまないはずです」

「それはありがたいわね。それと基地職員の配置はどうなってるの？　警報装置が反応しなくても完全武装のままうろつくわけにもいかないでしょ」

「基地のコンピュータによれば、中央管制室付近はほとんど人間がいませんね。中の連中だけです。みんな連邦軍の接近に注意をひきつけられているようです」

「そう、それはありがたいこと、じゃぁ、邪魔は入らないはずね」

「ええ、そのはずです」

やがて一団の男たちは二手に分かれることとなった。

「あたしたちが管制室を占拠《せんきょ》するわよ。あなた達はHLVを乗っとって。それとこれがアスタロスのサンプル。万が一に備えて半分はあなた達がお持ちなさい」

「わかりました少佐、必ずHLVを確保します」

「しっかり頼《たの》んだわよ。あたしたちもあとで合流するから」

発射台へ続くハッチの前でタイソン大尉率いる二〇人がHLV奪取《だっしゅ》に向かう。そして残り一〇人弱はそのまま中央管制室に向かった。

「少佐、タイソン大尉は本当に我々を待っているでしょうか？」

「もちろん待つわよ。彼だって馬鹿じゃないんだから」

「でも、手動でHLVを発射しようとしたら……」

「管制室を我々が占拠している限り、そんなことは不可能よ。もしもあえてそんな馬鹿なことをやろうとしたら」

「やろうとしたら……」

「HLVの自爆《じばく》スイッチは管制室にあるのよ、つまりそういうことなの。誰《だれ》もあたしから逃れることはできないのよ」


「一つ質問していいかな？」

ドナヒュー中尉は、ゲルググのコクピットの中で、小さく姿を写しているユライア中佐に尋《たず》ねる。

「何だね隊長？」

「補給部隊の指揮官とは、みんな中佐みたいに人使いが荒いのか？」

「そういう後ろ向きの解釈《かいしゃく》をしてはいかんな。人的資源の効率的運用と言ってもらいたいな」

「念の為《ため》に言っておくけども、我々は昨夜《ゆうべ》、連邦軍の航空基地を奇襲《きしゅう》して、基地施設をしばらく使えなくしてきたんだ」

「あぁ、あれは見事な作戦だったね」

「で、この基地に戻《もど》ってきたのが一時間前。軽い食事をして愛機の緊急《きんきゅう》整備が終わったのは二分前だ」

「そう、だからいま出撃《しゅつげき》を要請《ようせい》したんじゃないか。ちゃんと食事もとったし、整備もしたし、出撃には支障がないじゃないかね」

「休養とかそういう……」

「あぁ、隊長。若いうちはそういう休むことは考えないほうがいいな。若いうちこそ働かないと」

「わかった、わかりました。出撃しますよ」

「いやぁ、ろくに休養もさせずに出撃させてすまんね」

ドナヒュー中尉は、摩耶大尉《まやたいい》とのやりとりを思い出し、流石《さすが》に彼女の上官だけのことはあると、妙《みょう》な感心をした。もっとも画面のユライア中佐の表情を見れば、彼もろくに休養をとっていないのはわかった。

「それで中佐、どこへ行けばいいんだね？　戻ったばかりで基地周辺の戦闘状況がよくわからんのだが」

「現状はこうなってる」

コクピットにHLV基地周辺の地図と、連邦軍とジオン軍の部隊配置が表示された。部隊の状況は微妙《びみょう》に変化しているところをみると、これは現状のそれをリアルタイムで表示しているものだろう。

「もしも最優先で守るのが発射台と中央管制室だとすると、この辺が危ないな。ここを突破して背後にまわられると一気に防衛線が崩壊《ほうかい》しかねないぞ」

「というわけだ、そこを守ってくれ。それとここの部隊が増援《ぞうえん》を要請している」

「激戦地か。ここもいま崩《くず》れるとまずいな。しかも両者は発射台を挟《はさ》んで正反対の場所か。しかたがない。我々は増援要請のあった戦線に向かう。部下の半分は、もう一つの危険個所《かしょ》に回そう。兵力の分散は避けたいところなんですけどね。中佐、この隣接する部隊にモビルスーツはあるな？」

「あぁ、ザクとグフで四機ある」

「そいつらに、必要があったらすぐに支援するように言っておいてくれ」

「私がかね？」

「ウォルター大佐の名代《みょうだい》で基地防衛の全権を握《にぎ》ってるんじゃなかったのか。我々が所属しているのは軍隊であって武装した烏合《うごう》の衆《しゅう》じゃない。命令はしかるべき立場の人間からなされなければ、軍隊組織は機能しないでしょう」

「あぁ、君の言う通りだ。わかった。それは私から先方の指揮官に命令しておく。しかし、君に愚痴《ぐち》ってもしかたがないが、まさかこの基地の最先任士官が私になるとは思わなかったな」

「しかたないでしょう、ウォルター大佐は作戦の最終段階で手が離《はな》せないんですから。中佐もそれくらいわかるでしょ。ノーブレス・オブリージ、それが士官の責任って奴でしょう」

「まったく君の言う通りだな。わかった、私も腹を括《くく》るとしよう。それじゃぁドナヒュー隊長、頼んだぞ」

「了解《りょうかい》しました、司令官殿」

すぐに彼は通信機を切り替え、部下達に伝える。彼の直属の部下は一一機、いずれも彼の右《みぎ》腕《うで》と頼むパイロットばかりだ。個々のパイロットとしての技量はもちろん、彼らはチームとしての戦闘を理解していた。

あと三ケ月時間があれば、彼らを核《かく》に、ジオン最強のモビルスーツ隊を編成できただろう。ドナヒュー中尉はそれを思うと、もうじき訪れるだろう戦争の終結が残念だった。もっともこんな連中だからこそ、いまここで殺すわけにはいかないという気持ちもあった。

「これより第一と第二小隊は私とこのエリアの増援に向かう。第三と第四小隊は、中隊の先任士官トムゼン中尉の指揮に従い、このエリアの防衛にあたる。この戦争はどうせそう長くはない。いまここで死ぬのは勿体《もったい》ないぞ。全員生きて再会しよう。では、移動！」

グフに率いられた六機のモビルスーツとゲルググに率いられた六機のモビルスーツはそれぞれ別々の方向に移動する。

「行っちまいましたね」

　いまはほとんど誰も使っていないコンクリートの地下通路から、完全武装の二〇名の兵士達が現れた。

「ゲルググまで持ち出して、ここの連中、尻《しり》に火がついているようだな」

　タイソン大尉は部下達に向かって馬鹿にしたような口調で言う。ニアーライト少佐の真似《まね》の積もりだが、少佐の冷酷《れいこく》さの代わりに大尉の軽薄《けいはく》さだけが目立ってしまった。

　とはいえ彼もニアーライト少佐のように、HLV基地のジオン兵を仲間だなどとは思っていなかった。これから何が起こるかも知らない馬鹿な連中。それが大尉の基地の人間に対する感情だった。

「モビルスーツに居座られたらどうしようかと思ったが、うまい具合に出て行ってくれたな。よし、前進だ」

　モビルスーツが移動したあとの格納庫に、マッチモニードの二〇名の兵士達は突入《とつにゅう》する。目的は一つ、宇宙への出口、HLVだ。

「司令部の戦闘分析《ぶんせき》によれば、この辺が敵の防備の弱い部分への入口になります」

オアシスからのデータは詳細だった。ＵＡＶ（Unmanned Aerial Vehicle：無人航空機）による最新映像を地図に反映したものだ。それがレイヤー中尉のコクピットにも反映されていた。

「これが敵さんの要塞か。さすがに新型機のコクピットは使いやすいな」

「ボブが言っていただろう。ジムは日進月歩で改良されてるって、そうですよね、隊長」

「あぁ、レオンの言う通りだな」

彼らはスタンリー大佐からＨＬＶ要塞突入の命令を受けていた。オーストラリア大陸の戦況《せんきょう》からすれば、恐《おそ》らくそれが司令官からの最後の命令となるはずだった。作戦が成功すれば、オーストラリア大陸でもはや戦争はないからだ。

そして司令官の命令は、確かにいつもと違っていた。彼はレイヤー中尉にこう言ったのだ。

「全員の生還《せいかん》を命ずる。全員必ず生きて戻ってこい」と。

レイヤー中尉は、大佐が感情を露《あらわ》にするのを初めて目にした。司令官という重責を担い、時に非情な命令を下す職業軍人の彼もまた、一人の人間であったということだ。

「ご期待にそうよう、努力いたします」

レイヤー中尉は、そう返答した。

「帰還報告を待っている。中尉、君自身からのな」

通信はそれで終わった。そして特殊遊撃《とくしゅゆうげき》MS小隊「ホワイト・ディンゴ」はすぐに新しいジムが与えられた。ジム・スナイパー・カスタムII、それは連邦軍のモビルスーツの中で最新鋭《さいしんえい》の機材だった。

こうして「ホワイト・ディンゴ」の面々は新型機材で作戦に参加していたのである。

「ここから突入して、この防衛線を襲《おそ》えば敵を挟撃《きょうげき》することになる。そうすればこの方面のジオン軍の防衛線には広範囲に穴を開けることができる。主力となる後続部隊の進出路はこれで確保できるはずだ」

「しかし、敵の防衛戦力はどうなってるんですかね。ジオンの連中もここを補強しないとならないくらいわかるでしょう」

「この地図から判断すれば、戦力は手薄だ。だがすぐに増強されると考える方がいいだろう。敵だって戦術の基本はわかるんだからな。鍵《かぎ》を握るのは機動力だ。よし、出発する！」

「ホワイト・ディンゴ」は前進する。手薄な戦線を敵に察知されないうちにいかに前進するかが、彼らの作戦の重要なポイントだった。だが彼らはその手薄な場所に巧妙《こうみょう》なセンサーが仕掛けられていることに気がつかなかった。

それはオアシスのシステムにも探知されないほど単純な装置だった。細い導線に弱い電流が通っているだけの単純な構造だ。「ホワイト・ディンゴ」のジムはこの導線を蹂躙《じゅうりん》して行く。そしてジオン軍は彼らの侵入《しんにゅう》を知ったのだった。

「何だと、もう現れたのか！」

　ユライア中佐は、要塞基地の指揮管制室で侵入者が最初の警戒線《けいかいせん》を突破《とっぱ》したことを知らされる。

「何者だ、侵入者は？」

「あの地区は敵に察知されないように原始的なセンサーしかありませんので、正確な戦力は不明です。ただ導線の切断パターンから推測して大型機器が四基、恐らく連邦軍の編成から考えればＭＳ小隊と思われます」

　オペレーターが素早く答える。

「ドナヒューの部隊は？」

「現在、敵部隊に向けモビルスーツ六機が接近中です」

「モビルスーツ六機か……連邦のＭＳ小隊はモビルスーツ三機だな……増援に割《さ》ける戦力は？」

「ありません、その戦線も予備兵力まで投入しています。ドナヒュー隊自体が支援兵力だったのをお忘れですか？」

「そうだったな……しかし何かないのか。あのＭＳ小隊を早期にたたかないと、奴らが空《あ》けた穴から本隊が突入しないとも限らんぞ」

「中佐、あれを使ってみてはいかがでしょう？」

副官であるアリソン・ハニガン大尉の提案に、中佐は期待のこもった視線を向ける。中佐の本職は補給と後方支援《しえん》であって、部隊指揮ではない。そっちに関してはアリソン大尉の方が専門教育を受けているだけ信用できた。

「あれとは何だね？」

「巨大《きよだい》過ぎて輸送不能なので、今回の作戦では放置されている兵器があったじゃないですか。例のオーストラリア駐屯軍で開発中のモビルアーマーです」

「試作モビルアーマー……あのザクの頭をつけた奴かい、名前は確か……」

「制圧機動兵器ライノサラスです。拠点防御《きよてんぼうぎよ》を目的とするなら無類の強さを発揮するはずです」

「ちょっと待ってください。あいつを使うんですか？」

二人の会話を聞いていたオペレーターは、たまりかねたように話に割り込んだ。

「ライノサラスを使うのが何か不都合なのかね？」

「不都合がなければ、とうの昔に実戦配備されていますよ。確かに大尉のおっしゃるように、あれは拠点防御兵器としてはとてつもない火力を有しています。でもそれをご存じなら、あれがジェネレーターの冷却《れいきやく》機構に爆弾《ばくだん》を抱《かか》えていることも……」

「もちろんわかってるわよ。私もウォルター大佐の命令で、ライノサラス開発には関係していたから」

「だったら……」

「そのジェネレーターの冷却機構に爆弾を抱えてるってのはどういうことなんだ、アリソン大尉？」

「ライノサラスは大型ジェネレーターを複数搭載《とうさい》し、その豊富なエネルギーを利用して高い機動力と火力を実現しています」

アリソン大尉は、手近の端末《たんまつ》を操作すると、ライノサラスのデータを画面に表示させた。

「こりゃまた化物《ばけもの》みたいなモビルアーマーだな。まるで旧世紀の海軍にあった戦艦《せんかん》だ。おい、このバストライナー砲《ほう》というのは確か連邦軍の装備じゃなかったのか？」

「ええ、おっしゃる通りです。これが鹵獲品《ろかくひん》として手に入ったからライノサラス開発計画が生まれたようなものですわ。この高出力ビーム砲は兵器としての性能は優れている反面、エネルギーを大量に消費します。ですから大型ジェネレーターを複数個用意する必要があったわけです」

「しかし、大型ジェネレーターを複数個一度に稼働《かどう》すると、大量の熱を発生する。その熱を効率良く冷却しないと、ライノサラスはオーバーヒートしてしまう。この冷却装置の問題が解決しなかったので、ライノサラスは制式化されなかったと聞いていますが」

「その通りよ。でもいまの我々には、それは欠点にはならないわ。今日一日だけライノサラスが働いてくれれば、明日はもう必要ないじゃない」

「それはそうですが……」

「どうします、ユライア・ヒープ司令官代理？」

「しょせん兵器は消耗品《しょうもうひん》か。よし、ライノサラスを発進させてくれ。必要な時間さえ稼《かせ》いでくれれば、我々の作戦は成功だ」

「了解しました」


「モビルスーツ隊、二時方向から接近中。グフが六機と思われます」

――来たか。

オアシスからの報告は、レイヤー中尉にとっては意外ではなかった。敵の守りが手薄とはいえ、ここは敵の本拠地《ほんきよち》、それも最後の本拠地なのだから。

「みんな、よく聞け。おそらくこの六機のモビルスーツ隊は、ジオン軍でも精鋭《せいえい》部隊である可能性が高い。ここしばらくの彼らの戦術の進歩から判断して、向こうもチームとしての闘《たたか》いを挑《いど》んでくると考えてまず間違いあるまい。相手はお馴染《なじ》みのグフだが、パイロットは違う。だから全員そのつもりで敵に当たってくれ」

レイヤー中尉のその言葉は、部下達というよりも自分自身に対するものだったかもしれない。彼には予感があった。おそらく最強の敵と遭遇《そうぐう》するだろうとの予感である。

「敵モビルスーツ隊、二手に別れました。左翼《さよく》から二機、右翼《うよく》から四機です」

「二・四で挟撃か……」

ジオン軍のモビルスーツパイロットは、どうやら二機一組を最小単位としているらしい。だがそれが二手に分かれたということは、六機すべてを掌握《しょうあく》している指揮官がいるということだ。

「アニタ、指揮官のグフはどれかわかるか？」

「通信数の多いのは三機ありますが、突出《とっしゅつ》して多いのはありません」

「その三機を教えてくれ」

すかさずコクピットに問題の三機が表示された。案《あん》の定《じょう》、二機一組の片割れが通信量の多いモビルスーツだった。ただ通信量が多いといっても相対的なものだ。おそらくこの違いはポジションの違いによるものだろう。

――最初に指揮官機をたたくという戦術は使えないか。

敵のパイロット達が腕《うで》をあげ、チームとして集団で闘ってくるだろうというのは、彼は前から予想していた。そのため日夜それに対する効果的な戦術を考えていた。

その中で彼が有効だと考えていたのは、最初に指揮官機を撃破《げきは》し、指揮系統の乱れた敵を各個に撃破するという戦術だ。教科書通りと言われればそれまでだが、教科書に書かれるだけあって確実な手段ではある。

しかし、敵のモビルスーツ隊はレイヤー中尉の予想以上に戦技の腕をあげているらしい。指揮官は確実にいるはずだ。だがすでに彼らは手取り足取り指示を出さなくても、最小限度のコミュニケーションでチームとして戦闘ができるのだろう。

もしそうだとすれば、仮に指揮官機を倒《たお》したとしても状況は極端には変わらないだろう。たぶんすぐに次席指揮官が指揮を引き継ぐはずだ。

レイヤー中尉は、次第《しだい》に焦《あせ》りを感じてきた。彼もこの戦争で何度となく倍以上の敵と遭遇し、そのたびに勝利してきた。だがその理由の幾《いく》らかは、ジオン軍がチームで行う戦闘を必ずしも理解していない点に負う所が大きい。だが今度ばかりはその欠点につけいることはできそうにない。そうなると自分達の倍という数の要素が俄然《がぜん》重みを増してくる。

――あと利用できるものは……地形があるか！

レイヤー中尉は自分達の周辺を中心にHLV基地の地形を探す。彼らがもしも精鋭部隊なら、この基地に到着《とうちゃく》してからまだそう間もないはずだ。

だとすれば彼らもこの周辺の地形については熟知《じゅくち》していないだろう。

――開戦前の地形で使える場所があれば……これか！

レイヤー中尉は探しているものを発見する。

「全員聞け、一旦撤退《いったんてったい》する。場所は此処《ここ》だ！」

彼は部下達が何か言うまえにそう命じた。そして彼らもレイヤー中尉の指示した場所をみて、すぐに彼の意図《いと》を察したらしい。

——もしかすると、これはいけるかもしれない。

彼がそれを確信できたのは、部下達が素直に撤退に応じたからだけではない。レオンもマイクも、さも本当に撤退するかのように、マシンガンで交互《こうご》に射撃《しゃげき》などを繰《く》り返しながら下がっているからだ。敵の指揮官が誰であれ、これなら本当に撤退だと思うだろう。

幸いジムにはグフ以上に機動力がある。ましてジム・スナイパーは最新鋭機材だから、パワーもあり機動力の優位は動かせない。

「そういうことか」

レイヤー中尉は、光学センサーで戦闘のグフの姿をとらえる。そのグフには明らかに風神雷《ふうじんらい》神《じん》のタトゥが描《えが》かれていた。この部隊はあの『荒野《こうや》の迅雷《じんらい》』の部隊なのだ。

彼はふとアリス・スプリングスのことを思い出していた。あれが彼とドナヒュー中尉との初めての出会いであった。彼の部下達にはあれからも何回か遭遇し、矛《ほこ》を交わしている。

そのたび毎《ごと》に彼が感じるのは、『荒野の迅雷』の部下達は、他の部隊とは一味《ひとあじ》も二味《ふたあじ》も違うということだった。風神雷神を描いたモビルスーツ達は、急激に腕をあげている。それはいままさに彼が実感していることだ。

——だがあの中に『荒野の迅雷』はいないいな。

それもまたレイヤー中尉は確信していた。もしも『荒野の迅雷』がここにいれば、彼の作戦は見抜《みぬ》かれているだろう。まだ闘ったことのない相手だが、彼にはそれが断言できるような気がした。

「隊長、もう直《じき》です」

「よし、タイミングが勝負だ。レオン、マイク頼んだぞ」

「了解」

「まかしてください、隊長」

「ホワイト・ディンゴ」が目指しているのは、いまはほとんど顧《かえり》みられない旧宇宙港時代の施設である。それは施設と呼ぶのもはばかられるようなものだ。外から見ただけでは、単なる土《ど》手《て》でしかない。

ヒューエンデンはオーストラリア大陸における交通の要衝《ようしょう》の一つであり、それ故に宇宙港が置かれた。道路・鉄道・空港の結節点だけに、宇宙港を置くメリットは大きい。

だが大都市に宇宙港をおけば騒音《そうおん》問題が生じるのは避《さ》けられない。そこでヒューエンデンの宇宙港には、HLV発射の際に生じる衝撃波《しょうげきは》などを都市部に伝えないようにするための、土手が作られていた。

宇宙からみれば、ヒューエンデンの宇宙港はちょうどクレーターの真ん中にあるように見えただろう。宇宙港へはそのクレーターを作る土手を乗り越《こ》えて進まねばならない。

じっさい少し前までは、ジオン軍の防衛陣地がその土手に沿《そ》っておかれていた。いまは戦線は後退しているが、土手そのものは残っている。そしてレイヤー中尉は、激戦で破壊された場所を探していたのである。

追撃《ついげき》するグフは二機一組で、三組になって「ホワイト・ディンゴ」を追撃していた。三組はちょうど崩《くず》れた「く」の字型の配置で進む。攻撃《こうげき》されても全滅《ぜんめつ》せず、相互支援がやりやすい陣《じん》形《けい》だ。二機一組という部分をのぞけば、「ホワイト・ディンゴ」の基本陣形にも似ている。

彼らは追撃しながらも決定打は出せないでいた。相手のモビルスーツ隊もベテランらしく、中々隙《すき》を見せないからだ。しかも機動力では向こうに分《ぶ》があるらしく、今ひとつ相互《そうご》の距離《きょり》を詰《つ》められなかった。

やがて防衛陣地後まで彼らは下がっていた。ここは対空陣地があったのだが、連邦軍《れんぽうぐん》の爆撃《ばくげき》機《き》が墜落《ついらく》し、そこで爆弾《ばくだん》が破裂《はれつ》するという事故があったため、陣地が放棄《ほうき》されていた場所だ。すでに防衛線はもっと内側に築くことになったためだ。

敵部隊はまず装甲トラックがその破壊された陣地後を通過した。続いてモビルスーツが一機。残りの二機は時間稼ぎのためかマシンガンを乱射していたが、すぐに前の二人に続く。

「これも敵の陽動作戦かもしれん。深入りはせず、これでけりがつかねば帰還《きかん》するぞ」

隊長のトムゼン中尉《ちゅうい》の声が、各モビルスーツに届く。彼がもしもミスをしたとしたら、自分達が追撃しているモビルスーツ隊のエンブレムを確認しなかったことだろう。

もしもエンブレムに注目し、それが「ホワイト・ディンゴ」とわかっていたら、彼の戦術もまた違っていたかもしれない。だが戦場での過《あやま》ちは挽回《ばんかい》が難しいのも事実である。

最初の二機が破壊された陣地跡を通過する。そこは土手が崩れた場所で、ちょうど谷間を通るような感じである。

二組目のモビルスーツ隊が突入《とつにゅう》しようとしたまさにその時、先頭の二機が次々と爆発《ばくはつ》した。

「な、なんだ！」

後続の二機は何が起きたのか皆目《かいもく》理解できなかった。それはレイヤー中尉のジム・スナイパーⅡ・カスタムⅡのビームライフルによる射撃だったのだが、連邦軍のモビルスーツが撤退と見せかけて待ち伏《ぶ》せていたとは、彼らは考えなかったのだ。

二機のモビルスーツがたちまち撃破《げきは》された。後続の二機は攻撃されたことはすぐにわかった。だが両側を土手に阻《はば》まれ、前方は撃破された味方のモビルスーツ。彼らは行動の自由を大幅《おおはば》に奪《うば》われていた。

殿《しんがり》の二機は土手の開口部に突入するのは避けられたが、彼らは周囲の警戒《けいかい》を怠《おこた》るべきではなかった。左右両脇《りょうわき》から土手に上がったマイクとレオンのマシンガンを浴びる結果となったからだ。

殿のグフは、殿を任せられることからもわかるように、一流のパイロット達である。しかし、彼らも上からの攻撃までは予想していなかった。

モビルスーツは平面上の移動には優れていたが、上下方向の移動はそれほどでもない。特にグフのような局地戦用モビルスーツはその傾向《けいこう》があった。

だがジム・スナイパー・カスタムIIは重量の割にパワーが強化されていた。それがこの戦術を成功させたのだ。「ホワイト・ディンゴ」はグフの性能を知っていたが、グフの側は新型のジムの性能を知らなかった。それが彼らの判断を狂わせたのだ。

残ったグフは開口部に残された二機のグフのみ。彼らは仲間の四機がやられた間に、状況《じょうきょう》を理解した。そしてレイヤー中尉らの意表をつく行動に出た。

「なんだと！」

レイヤー中尉の計画では、ここで残りの二機もビームライフルで撃破する積もりだった。開口部はモビルスーツ二機が活動するにはどうにも狭過《せま》ぎる。

ところがここでグフの一機が僚機《りょうき》を足がかりにして、一気に土手の上まで昇《のぼ》ったのである。開口部に残ったのはグフ一機。その一機は猛然《もうぜん》とレイヤー中尉に向かって突進《とっしん》してきた。

「…………！」

彼は反射的にシールドを掲《かか》げた。それが彼の命を救う。シールドのセンサーは多数のマシンガンの銃弾《じゅうだん》がシールドに命中していることを示していた。

「流石《さすが》だ……！」

レイヤー中尉は後退しながらも、『荒野の迅雷』の部下達の戦術に畏敬《いけい》の念さえ覚えていた。並の技量ではこの判断はできない。

二機のグフは、一機が土手の上から、一機が真正面からそれぞれレイヤー中尉のジムに攻撃を集中する作戦だったらしい。

最大の火力は彼のビームライフルだ。それを封印《ふういん》し、ジムを撃破すれば、モビルスーツの数は二対二となる。同数なら負けない自信が彼らにはあるのだろう。

彼らの戦術は確かに的確だった。だが唯一《ゆいいつ》の誤算は相手が「ホワイト・ディンゴ」であったことだろう。すべてはとっさの判断が成功するかどうかにかかっている。

土手に上がったグフは、レイヤー中尉がシールドを向けさえしなければ、その目的を達成できただろう。だがグフの攻撃は彼の勘《かん》により失敗した。

そして最初のこの攻撃が失敗したことで、グフは危険な状況に陥《おちい》っていた。二機のジムに挟まれているのである。

もしも攻撃が成功していれば、彼はマイクかレオンのジムを攻撃し、仲間が下から残りを攻撃しただろう。戦闘は数秒で終わるはずだった。

だが最初の一撃でレイヤー中尉を倒《たお》すという作戦の前提は崩れた。本来は牽制役《けんせいやく》だった正面のグフは、レイヤー中尉と真《ま》っ向《こう》勝負をすることになる。そして土手に上がったグフは二機のジムを相手にしなければならなかった。

もっとも近くにいたのはレオンのジムだった。だが攻撃はマイクのジムが早い。最初の三点射はレオンに近づきもせず、すべてグフに命中した。

レイヤー中尉を襲《おそ》おうとしたグフは、こうして上から銃撃《じゅうげき》される。これらの出来事はほんの数秒の間に起きていた。土手の周辺には六機のモビルスーツがたおれていた。わずかなタイミングが合わなければ、これは「ホワイト・ディンゴ」の姿だったかもしれない。今回の敵はそう感じさせるほどの強敵だったのだ。

「隊長、この先、こんな連中ばかりなんですかね」

「いや、彼らは精鋭《せいえい》部隊として戦線の補強に使われているのかもしれない。願わくば、彼らの戦友には遭遇《そうぐう》したくないものだ」

しかし、本心はまったく反対のことを感じていることに気がつき、レイヤー中尉は狼狽《ろうばい》した。

「よし、前進だ。ＨＬＶの打ち上げをなんとしてでも阻止《そし》するんだ」

ヒューエンデンのＨＬＶ基地管制室は、打ち上げの最終チェックでおおわらわであった。その有様はまさに戦場であった。ただしジオン軍の管制員達は連邦軍《れんぽうぐん》と闘《たたか》っていたわけではなかった。

彼らの闘っている相手は時間であった。連邦軍の艦隊《かんたい》が地球周回軌道《きどう》に展開し終えるまでに、一機でも多くのＨＬＶを打ち上げる、それが彼らの任務であった。

すでに連邦軍の展開が手薄《てうす》なうちに、基地にあるＨＬＶの大半はすでに宇宙にある。連邦軍が軌道上を艦隊で封鎖《ふうさ》する前に可能な限りＨＬＶを脱出させること。それが彼らの作戦を成功させるための重要な要素であった。

「光学センサーが新しい物体を軌道上に捉《とら》えた」

オペレーターの声が打ち上げ主任のもとにとどく。

「艦隊か？」

「いま形状識別にかけています。あっ、でました。サラミス級の戦闘艦《せんとうかん》です」

「軌道要素は？」

「そちらに出します」

しかし、打ち上げ主任はその連邦軍の戦闘艦の軌道要素など見なくても大体見当がついた。案の定、目の前に出てきた物体の軌道要素は予想していたものとほぼ同じパラメーターであった。

ＨＬＶの軌道を封鎖するのは、じつはそれほど難しくはなかった。まず打ち上げ場所が正確にわかっている。そしてＨＬＶの打ち上げシーケンスは純粋《じゅんすい》に物理学の法則に従うから予測は可能だ。ザンジバルのような巡洋艦《じゅんようかん》ならエンジン出力にも余裕《よゆう》があり、軌道傾斜角《けいしゃかく》の変更《へんこう》も含《ふく》めて、割と自由な軌道を選択することができる。

しかし、ＨＬＶは荷物を経済的に宇宙に打ち上げるための機械であり、エンジン出力には限界がある。軌道傾斜角もごく限られた範囲《はんい》でしか変更はできない。そもそも赤道に近いからこそ選ばれた射点であり、軌道を大きく変えるなら、ここに基地を作る必要はないのである。

従って、打ち上げ時刻さえわかるなら、あとは電卓だけでＨＬＶの軌道は計算できた。連邦の艦隊は、予想される軌道にあらかじめ待っていれば、ＨＬＶの撃墜は可能だ。ただし、完全な封鎖にはそれなりの宇宙船の数は必要だが。

「これで打ち上げの穴はまた一つ塞《ふさ》がれたな……」

「どうします、主任？」

「予定通りだ。作戦はいまのところ計画通りだしな。残り三つ、こいつらが何をするかを見れば、連邦軍の連中、どんな顔をするかな」

管制室のモニターにはすでに打ち上げ準備を進めている三機のＨＬＶの状況が写し出されていた。モニターの画面左上にはカウントダウンの数字が並んでいる。

一番左のモニターはすでに数字が赤で表示され、打ち上げ間近であることを示している。数字の大半の桁《けた》はゼロであり、動いている数字は残り一〇〇秒であることを示している。

他のＨＬＶでは、まだ周囲に作業を行っている人間の姿が見られるが、その機体の周囲にすでに人影《ひとかげ》は無い。すでに人間は立ち入り禁止になっているからだ。

突然《とつぜん》、カウントダウンが停止する。

「どうした？」

「液体水素の圧力センサーに異状です」

「早く調べろ、時間がないぞ！」

打ち上げ主任はこの土壇場《どたんば》のトラブルに、思わず机を拳《こぶし》でたたいていた。打ち上げは連邦の戦闘艦が迎撃《げいげき》位置につく前に打ち上げるよう設定されている。だが五分以上遅《おく》れれば、HLVは敵艦の射程圏内《しゃていけんない》のただ中を飛びだすことになるのだ。

彼は焦《あせ》るが、部下達を怒鳴《どな》るような真似《まね》はしなかった。怒鳴って事態が好転する保証はないし、自分達の状況は彼らも十分に理解しているからだ。

貴重な三分の時間が経過した後、部下が報告する。

「他のセンサーの情報と比較《ひかく》した限りでは、通信回線の不調が原因だと思われます。確実なことはセンサーを調べないとなんとも言えませんが」

「今さら調査する時間はないな……よし、カウントダウン続行だ！」

打ち上げ主任の言葉に管制室は安堵《あんど》と不安の混ざった空気が流れる。

「博打《ばくち》ですよ、主任」

「博打ってのは百も承知だ。もしもセンサーの表示通りなら、燃料の漏出《ろうしゅつ》で圧力が下がってる可能性もあるからな。だがいま打ち上げないと、連邦軍の包囲は完璧《かんぺき》になる。そうなったら打ち上げても撃墜されるだけだ。安全ならいま打ち上げるのが一番さ」

ついにカウントダウンの数字はゼロになる。モニターは瞬間的《しゅんかんてき》に白色光に包まれるが、すぐにHLVが異状なく上昇《じょうしょう》するありさまを映し出していた。

「どうでしょう、主任、これが無事に……」

「可能性は五分五分だな……打ち上げが遅《おく》れた分、ぎりぎり敵の射程圏内をかすめるかもしれん。あとはＨＬＶのパイロットの腕《うで》と運次第《しだい》だ」

「隊長、ＨＬＶ基地より異状な衝撃波《しょうげきは》を察知しました」

オアシスの言葉の意味は明らかだった。果たしてレイヤー中尉らのコクピットからもＨＬＶが一機打ち上げられるのを確認することができた。

「隊長、まさかあれに……」

「わからん。オーストラリアのジオン軍とマッチモニードの関係を考えるなら、あの中に連中が乗ってるとは考え難《にく》いだろう」

「ＵＡＶのデータでは打ち上げ前のＨＬＶは三機です。いま一機上がりましたから、残りは二機」

「たぶん、その二機のどちらかにアスタロスは載《の》せられるはずだ。急ぐぞみんな、残された時間はあまり多くはなさそうだ」

第六章　最後の戦闘

U.C.0080年1月2日

ＨＬＶの打ち上げ成功に、管制室はほんの一時、喜びに包まれた。だがそれも長くは続かない。まだ彼らが打ち上げねばならないＨＬＶは二機もあるのだ。

その一団が入ってきた時、最初は誰《だれ》も気がつかなかった。ジオン軍の打ち上げ管制室にジオン軍の制服を着た人間が現れても、さほど違和感《いわかん》はない。それに管制要員達は全員がスクリーンに目をやっており、誰もドアのことなど気にもとめていなかった。

「なんだ、少佐《しょうさ》。そんな鉄砲《てっぽう》なんかぶら下げて。部屋《へや》を間違《まちが》えたんじゃないのか？」

打ち上げ主任は完全武装の兵士達に眉《まゆ》を顰《ひそ》めると、指揮官らしい少佐に暗《あん》に出てゆくように言った。

「ここはＨＬＶの打ち上げ管制室でしょうか？」

「そうだ、見ればわかるだろう」

「すいません、脱出《だっしゅつ》準備であちこちに似たような施設《しせつ》があるものですから」

「なるほどな」

打ち上げ主任は気がついた。ヒューエンデンのHLV基地には外部から集まってきた連中も多い。そして資材の搬入《はんにゅう》やら何やらで管制室だの制御室《せいぎょしつ》だのの類《たぐ》いはあちこちに臨時に作られていた。新入りが迷うのは致《いた》し方ないだろう。

だがここで彼は気がついた。部屋を間違えるのは良いとしても、どうして完全武装した兵士が基地内を歩いているのか？　最初はこれから前線に向かうのかとも考えた。

だがこれもまたおかしい。ヒューエンデン基地は軍事施設であり要塞《ようさい》ではあるが、基本は宇宙基地だ。特に発射管制室のある区画は戦闘《せんとう》要員の居住区画とはかなり離《はな》れていた。ここから完全武装した兵士が出撃《しゅつげき》することなどあるわけがない。

「お前達、何者だ？」

「見ればわかるでしょう」

ニアーライト少佐がそう言った時、部下達は密《ひそ》かに室内に展開していた。そしてごく自然に発光弾《はっこうだん》を転がす。

「うわぁーっ！」

室内は瞬間的《しゅんかんてき》に恐《おそ》るべき明るさに包まれた。誰もこの状態では目を開くことができない。マッチモニードのような特殊《とくしゅ》なバイザーを装着しない限りは。

発光弾が作動していたのは三分ほどに過ぎなかった。だが三〇人弱の要員を殺すのには、それだけの時間で十分だ。動けない人間を後ろから撃《う》つのなら、数秒で足りる。

「よし、第一班は死体を片づけて。隣《とな》りに物品庫があるよ。そこに入れておけば作戦成功までバレはしないわ。残りはさっさと管制業務についてちょうだい。もうじきタイソン大尉達が動きだすはずだから」

数人の兵士達が死体を片づけている間、マッチモニードの面々は戦闘服を脱《ぬ》ぎ、用意していた通常の軍服に着替える。死体からは記章だけは剝《は》ぎ取ってあるので、ちょっと見には管制員と入れ代わったとは気がつかないだろう。

ニアーライト少佐は打ち上げ管制主任のバッジをつけ、彼のコンソールに座る。その位置からは部下達の様子が一望できた。

彼は愛用のアサルトライフルを目立たぬように足下におく。そして端末《たんまつ》を操作して、管制室周辺の保安状況《じようきよう》を確認する。

「やっぱり噂《うわさ》通りね。保安体制らしい保安体制はできていないわね」

それは重要な用件だった。基地の保安部か何かに動きだされては、彼の計画は大きく狂わせられるだろう。

「うまい具合に孤立《こりつ》しているわね」

打ち上げ管制室は円形の部屋であった。他のセクションは同心円状にその建物を取り囲むような形で配置されていた。外部から管制室に入るには限られた通路しかなく、いざとなれば管制室内部の操作で通路を封鎖《ふうさ》することもできた。

どうやらこの基地の基本的な設計は、最悪の場合、籠城《ろうじょう》もできるようにと考えたものらしい。だが設計者も誰が籠城するかまでには考えが及《およ》ばなかったようだ。

「はじまったみたいね」

管制室のTVモニターの一つがブラックアウトする。それはHLVの一機を写していたものだ。管制室のコンソールにもHLVの異状が表示される。

そして乗組員の一人が押《お》したのだろう、管制室直通の緊急《きんきゅう》警報ランプが灯《とも》る。もちろん誰もそれには反応しない。

「保安部だが、いまHLVから緊急警報を報《しら》せてきたんだが、そっちはどうだ？」

「あっ、無視してくれ。いまこちらで確認した。センサーの異状があったので、回線状況の確認のために押してもらったんだ。そっちにも信号が行ったとなると、この圧力センサーの異状は本物かな……」

「遅《おく》れそうなのか？」

「わからん、とりあえず最善は尽《つ》くす」

「わかった、頑張《がんば》ってくれよ」

「あぁ、任せてくれ」

ニアーライト少佐は、そう言うと電話を切る。彼は先程の打ち上げ主任との会話で彼の声色を完全に盗《ぬす》み取っていた。電話レベルでならその違《ちが》いはわからないだろう。

彼らの会話の間にTVモニターは再び回復していた。タイソン大尉に率いられた部下達は、死体を発射台下にある冷却用《れいきゃく》の貯水槽《ちょすいそう》に投げ込《こ》んでいた。HLVが打ち上げられれば、噴射炎《ふんしゃえん》で証拠《しょうこ》は奇麗《きれい》に燃えつきよう。

「少佐、HLV制圧しました」

「大尉、あなたがたが制圧した時、誰かが警報を押したわよ。こっちでうまく対処したけど、同じ間違《まちが》いは二度と繰《く》り返さないでね、おわかり？」

「申し訳ありません。以後十分に気をつけます」

「その以後ってのも残りわずかよ。カウントダウンは残り少ないんだから」

「できたら少佐、もう一機のHLVの監視《かんし》モニターの映像をこっちに送っていただけますか？」

ニアーライト少佐は何も言わずにデータを転送する。

「失敗なしでお願いね」

そういうと彼は自分からタイソン大尉の通信を切った。

——まぁ、いざとなればHLVなんか爆破《ばくは》してしまえばいいんだけどさ。

「トムゼンの部隊がやられただと、誰に、連邦軍《れんぽうぐん》か？」

ドナヒュー中尉は、ユライア中佐からの情報をすぐには信じられなかった。トムゼン率いる六機のモビルスーツ隊は、彼の部下の中でも精鋭《せいえい》の一つだ。連邦軍のモビルスーツ隊でも簡単には撃破《げきは》など不可能なはずだ。

「トムゼン隊を撃破して侵入《しんにゅう》したという部隊は、どれくらいの規模なんです。かなりの部隊なんですか？」

「いや、センサーからの反応では連邦軍のモビルスーツ小隊規模らしい。この程度の部隊規模なので移動が察知されなかったんだろうな」

「となると、間違いなく特殊遊撃《とくしゅゆうげき》MS小隊ですね」

その単語を口にした時、ドナヒュー中尉の脳裏に一つの部隊が思い浮《う》かぶ。「ホワイト・ディンゴ」だ。

アリス・スプリングスの戦闘でたった三機のジムで彼らは町を手に入れた。むろんそれはドナヒュー中尉の側にも撤退《てったい》しなければならない事情があったためだが、それでもあの時の彼らの的確な戦術判断がなければ、あの町は廃墟《はいきょ》になっていたかもしれないのだ。

他にも彼らのあげた戦果は目覚ましいものがあった。キャリートンの物資集積所を完膚《かんぷ》なきまでに破壊《はかい》したのも彼らだ。敵味方共にほとんどの人間は知らないが、トリントン基地の核兵《かくへい》器《き》をマッチモニードから守ったのも彼らなのだ。

もしもオーストラリアの連邦軍で部下達を撃破《げきは》できるとしたら、彼らをおいて他にない。ドナヒュー中尉はそのことだけは賭《か》けても良いとさえ思った。

「ユライア中佐、それはおそらく『ホワイト・ディンゴ』だろう」

「なんだ、『ホワイト・ディンゴ』というのは？」

「あなたの大切なキャリートンの物資集積所を跡形《あとかた》もなく吹き飛ばした連中ですよ。こう言えばおわかりですか」

「何、あのときの連中が侵入したというのか。この土壇場に……。君の部下達はまだ戻《もど》らないのか、飛行場襲撃に向かっている、あの部隊だが」

「いまから呼び戻しても間に合いません。それにあの部隊は我々の脱出のためには必要な部隊です。いま彼らを呼び戻せば、作戦全体を危険に晒《さら》すことになりますよ」

「だろうな……。やはり手持ちで闘《たたか》うよりないのか」

「そういうことです。我々はこれから現場に向かいます。許可していただけますね」

「わかった隊長、移動を許可する。あの連中の侵入を許したとなれば、早急に手当てをしないと何が起こるかわからんからな」

ドナヒュー中尉は、六機の部隊の中、部下の二機だけを自分と一緒に行動させた。ここも激戦が続いており、これ以上の戦力を下げるのは無理だった。

——三対三か。どうやら五分の勝負ができそうだな。

「ホワイト・ディンゴ」は急いでいた。『荒野《こうや》の迅雷《じんらい》』の部下達はなんとか降《くだ》したものの、HLV基地への突入《とつにゅう》は大幅《おおはば》に遅《おく》れてしまった。すでに一機のHLVが打ち上げられた。残りの二機が打ち上げられる前に、彼らは基地に突入しなければならない。それが彼らを急がせるのだ。

「隊長、前方から新手《あらて》です」

「やはり、来たか」

比較的防備が手薄な個所《かしょ》を攻撃したとはいえ、ここは敵の本拠《ほんきょ》。後続の部隊が現れても少しもおかしくはない。問題は何が現れるかである。

「アニタ、敵の戦力はどれくらいだ？」

だがオアシスからの回答はすぐには戻らなかった。

「隊長、どうやらこれは、何かの新兵器のようです」

「新兵器？」

「オアシスのデータベースには該当《がいとう》する兵器はありません。モビルアーマーの一種と思われますが、機動力があるかなり巨大《きょだい》な物体です。赤外線輻射《ふくしゃ》が極端に大きいので、おそらくかなり強力なジェネレーターを搭載《とうさい》していると予想されます」

「って、ことはビーム砲《ほう》の化物《ばけもの》みたいなものが現れるってことかい？」

「そうね、マイク。あんがいあなたの予想が当たってるかも。移動要塞《いどうようさい》みたいなものが現れるかもしれないわ」

「移動要塞か……連中にとっては切り札ってことか」

「隊長、いま思いだしたんですけど」

「なんだ、レオン」

「戦争の初期のころですが、オーストラリアの連邦軍が撤退する混乱時にバストライナー砲を紛失《ふんしつ》しているんです」

「紛失、盗《ぬす》まれたのか？」

「いえ、撤収部隊の中に行方《ゆくえ》不明の部隊があり、その部隊が輸送していた物資にバストライナー砲があったはずです」

「おい、レオン、なんなんだその、行方不明部隊って？」

「逃げ遅れてジオン軍の捕虜《ほりょ》になったらしいんだが、その先がわからないんだ。当事者は捕虜になっているだろうし、戦闘があったとしても、そこはすでにジオン軍の勢力圏《せいりょくけん》で調査もできないからな。ただ連中がバストライナー砲を実戦に用いていないことなどから、敵の手には渡っていないと思われていたんですが……」

「この化物が使ってるというのか」

「ええ、行方不明なのは初期のバストライナー砲でした。あれは威力《いりょく》は凄《すご》い反面、エネルギー消費も馬鹿にならない武器です。オアシスが捉《と》らえた物体が必要以上にエネルギーを消費しているなら、バストライナー砲を装備している可能性は無視できないと思います」

「やれやれ、味方の武器で攻撃されるのかい」

「だったらマイク、あんた敵の武器なら嬉《うれ》しいわけ？」

「身内に殴《なぐ》られるよりは、他人に殴られた方が気が楽ってことだよ」

「ともかく、そのバストライナー砲である可能性があるわけだな。アニタ、バストライナー砲のデータはあるか？」

「初期型のはありませんが、量産型のはあります。いま送ります」

すぐにコクピットにはバストライナー砲の構造と、スペックが表示された。

「いやはや、とんでもないビーム兵器だな。こんなのを量産してるのか連邦軍は？」

「主に宇宙空間で用いる、モビルスーツの支援用兵器に使うらしいわ」

「どうりであまりお目にかからないわけだな。この出力ならモビルスーツの腕《うで》の一本や二本、簡単に吹き飛ばされてしまうぞ」

「だけど、マイク。チャージ時間が五秒となってるだろう」

「それがどうした、レオン」

「量産型でも最初に撃《う》ってから次にまた撃つまでに最低でも五秒必要ということさ。初期型ならもっとチャージに時間がかかるはずだぞ。そこを攻《せ》めればなんとかならないかな」

「そうだな、初弾《しょだん》でやられなければなんとかなるかもな」

「いや、もう一つ弱点かもしれない部分があるぞ」

「何ですか、隊長」

「重量だ。仮に接近中の化物がバストライナー砲を主砲《しゆほう》としているとすると、この重量なら砲の設置方法はかなり限られてしまうはずだ。車体に固定するにせよ砲塔《ほうとう》に載《の》せるにせよ、照準を付けるために砲を旋回《せんかい》させるのは簡単ではないはずだぞ」

「隊長、光学センサーで目標を捕捉《ほそく》。モニターに転送します」

ジムのコクピットの中にオアシスの光学センサーが捉《とら》えた化物——ライノサラス——の姿が浮かび上がる。画像はオアシスで処理しているにもかかわらず、車体の後部からは陽炎《かげろう》が立ち上っていた。

「こいつは制式兵器ではないな」

「どうしてですか、隊長」

「これほど激しく赤外線を放射するような兵器ではすぐに敵に発見されるからですね」

「そういうことだ、アニタ。秘密兵器というよりも試作かテスト中の兵器だろう。まともにぶつかって勝てる相手ではないが、そういう弱点をつけば勝機はつかめるぞ」

「敵モビルスーツ隊発見！」

オペレーターが車長に報告する。だが彼はそれよりも気になることがあった。

「機関士、ジェネレーターの状況は？」

「まだ安全圏内です。移動しているだけですから。これで主砲を撃つとなると、きつくなるかもしれませんがね」

「まぁ、エンジンが焼きつく前に敵を撃破すれば良いだけだがな」

ライノサラスは巨大なモビルアーマーであったが、その容積の大半が機械である。搭乗員は操縦士、センサーオペレーター、砲手《ほうしゅ》二人、車長、機関士のわずか六人。この六人のスペースさえ、ライノサラスの中には十分にはないのだ。

ライノサラスには主砲であるバストライナー砲の砲塔下にザクの上半身が唐突《とうとつ》に取りつけられている。人間が乗りこむのはこの空間である。センサーにしても半分はザクの流用であって、こうした点で試作品という性格を色濃《いろこ》く残している兵器である。

「車長、敵のモビルスーツの映像です」

操縦室は狭いので、一つしかない大型外部モニターは全員が観《み》ることができた。

「犬のエンブレムをつけてますね。犬部隊などありましたっけ？」

「違うぞ……あれは『ホワイト・ディンゴ』だ」

「『ホワイト・ディンゴ』って、あのキャリートンの物資集積所を見事に焼き尽くしてくれた、あの連中ですか」

「機関士、君の仕事は責任重大だぞ」

「どうしたんです、いきなり」

「相手が『ホワイト・ディンゴ』なら始末するにも時間がかかる。奴らとの闘いよりも、オーバーヒートとの闘いになるかもしれんからな」

「わかりました、最善を尽くします」

「頼んだぞ」


「なんだあいつは！」

「本当にあれは移動要塞だな」

レイヤー中尉がジムの光学センサーでライノサラスの姿を捉えた時、最初に浮かんだ言葉が恐竜《きょうりゅう》だった。それは恐竜の力強さと共に、その非現実性をも感じさせた。

「いったいジオンの連中は、あんな兵器で何をさせようとしたんでしょう」

「そんなことジオンに聞いてみなきゃわかるもんか。おおかたあれも何か別の兵器のための実験機ってところじゃないのか」

「実験機にしても、火力は馬鹿にならないな……」

ライノサラスでもっとも印象的なのは砲塔部分のバストライナー砲だった。砲塔の下にはどういうつもりかザクの上半身がついていたが、その砲塔はそれすらも小さく見せるほどの存在感がある。

「これは後方、側面からも迂闊《うかつ》に接近はできんな」

さすがにジオン軍の技術者達も砲塔の旋回にそれなりの時間が必要なことは理解していたらしい。ライノサラスの左右両翼《りょうよく》にはバルカン砲と大型機銃《きじゅう》が搭載《とうさい》されていた。ライノサラス自体が非常に巨大《きょだい》なため、それら副砲《ふくほう》は頼《たよ》りなく見えたが、普通《ふつう》はそれらが対モビルスーツ兵器なのである。これらだけでも迂闊に接近するには十分な脅威《きょうい》になるのだ。

「隊長、あの化物なんですけど」

「何かわかったか、アニタ」

「赤外線放射から逆算してジェネレーター出力を推定してみました。加速性能その他はいままでの観測から割り出しています」

アニタの言うデータがコクピットに表示された。敵新兵器の威容《いよう》に驚《おどろ》かされた彼の目には、そこに表示されているデータの幾《いく》つかは意外なものだった。

「単位重量あたりのジェネレーター出力が随分《ずいぶん》低いな」

「相手の重量に関しては推測の部分も多いのですが、戦車やモビルスーツとの比較《ひかく》から割り出しましたので、それほど極端《きょくたん》な違いはないはずです。確かにジェネレーター出力はとてつもない数字なんですが、重武装と重装甲を施《ほどこ》した結果、重量あたりで割るとかなり数値は悪いんです」

「運動性能では劣《おと》るわけか」

「それとあの形状では不整地での活動にも苦労すると思います。これは装甲ホバートラックを運用している人間としての経験から言うのですけど」

「君の意見は常に貴重だな、アニタ」

「ありがとうございます、隊長。ついでにもう一つ」

「まだ何かあるのか」

「これも推測の部分が多いのですが、あの化物は外部のセンシング能力に爆弾《ばくだん》を抱《かか》えているようです。たぶん機関部の赤外線放射が異常に多いせいでしょう。センサーの密度が低いようなんです。レーダーや光学センサーが申し訳程度にあるだけで、それも車体前部のザクの上半身に集中していると思われます。特に後方は機関部との電磁波の干渉のためか、センサー密度はかなり低いと考えて間違いないでしょう」

「ありがとう、アニタ。それだけの材料があれば作戦は立てられるぞ」

レイヤー中尉は行動した。


「くそ、まったく嫌《いや》な敵だぜ」

「見逃《みのが》すなよ、あいつらに真後ろにまわられては厄介《やっかい》だからな！」

「わかってらぁ、そんなこたぁ」

操縦士と砲手はコンソールの前で悪態をつきながら、視野の中から連邦軍のモビルスーツを逃がさないようにしていた。彼らの意図《いと》が明白に読めたからだ。

ライノサラスは偶然《ぐうぜん》が発端《ほったん》で開発された兵器だが、その運用思想はやはり移動要塞であった。オーストラリア大陸の両軍は重要都市を要塞化し、拠点《きょてん》としていた。だから大陸を完全に制圧するためには、重要都市を攻略《こうりゃく》する必要があった。

もっとも都市の攻略が重要なのはオーストラリアに限らずどこの戦場でもそうであるし、この戦争に限ったことでもない。だが人口の大半が極端に都市部に集中しているオーストラリアでは、他のどの戦場と比べても大都市の攻略が重要になる。

モビルスーツに戦車や戦闘機、こうした精密兵器には高い後方支援能力が不可欠だ。大都市からそうした支援能力を得られるかどうかで、部隊の戦力は天と地ほどにも違う。水の入手一つとってもオーストラリアでは都市とそれ以外では、信じられないほどの差があったのだ。

こういう地理的環境から、ライノサラスの開発計画は始まった。第二次世界大戦当時、ドイツ軍は主に歩兵と共に活動し敵陣地《じんち》の撃破《げきは》を専門とする突撃砲《とつげきほう》という独特の兵器を生み出した。ライノサラスは思想において突撃砲と多くの共通点を持っていた。

ライノサラスはその強力な火力と重装甲で敵の防衛線を突破することを主眼に開発された。この場合、モビルスーツ隊と行動を共にしているため、ライノサラスが啓開《けいかい》した突破口は、これらモビルスーツ隊により拡大される。こうして電撃的《でんげきてき》に突破口《とっぱこう》を開き、拡大するなら連邦軍の守備隊が十分な防衛態勢をとる前に都市部を占領《せんりょう》できる。

ライノサラスの基本的な運用思想はそんなところにあった。不整地性能が低いのも、土地の起伏《きふく》が少ないオーストラリア大陸では戦術的にはともかく、戦略レベルではそれほど問題にはならない。

ただこのようにオーストラリア大陸に特化した兵器であったため、ジオン軍全体としては開発に高い優先順位は与えられなかった。そのためライノサラス自体はオーストラリアのジオン軍のデポで細々と開発が行われていたのであった。

このように現地軍が出先で開発した兵器だけに、未完成な部分も多い。ジオン軍が十分な支援をすれば解決したであろう、冷却《れいきゃく》問題も現実には手つかずの状態だったのだ。

このためアニタが予想したようにライノサラスは、大量の赤外線を自ら発生させるため、センサーの設置にかなり制約があった。特にジェネレーターが置いてある車体後方は電磁波の干渉も強いため、センサーの密度が薄《うす》い。

もともと正面突破のための兵器であり、後方のことはあまり考えていなかったこともこれには関係している。だから重武装でありながら、真後ろからある程度の範囲《はんい》でライノサラスには死角があった。

乗組員達もこの死角の存在には気がついている。開発に関わりながら、このライノサラスを動かしてきたのは彼らなのだからそれは当然だろう。これもあって彼らは「ホワイト・ディンゴ」の動きから、彼らが後方の死角を狙《ねら》っていることをすぐに読み取った。

「そっちにモビルスーツは幾つある？」

「二機だ、そっちは？」

「一機だ、良かった。まだ三機全部、居場所がわかってるな」

「思ったより、軽快に動いてくれるじゃないか」

レイヤー中尉はシールドで敵のバルカン砲を防ぎながら、後退する。ビームライフルで側面の火器を撃破して接近しようとするのだが、ライノサラスの側もレイヤー中尉のビームライフルをもっとも脅威とみなすのか、彼に射撃の機会を与えようとしない。

それでも彼が集中砲火《ほうか》を浴びないのは、レオンとマイクの理にかなった動きのせいだった。

二人はそれぞれの方向から、火力がレイヤー中尉を狙おうとすると、ライノサラスの後方に回り込もうとする。ライノサラスはそれを避けるためにマイクやレオンに火力を向け、自らの位置を移動する必要に迫られる。

この間にレイヤー中尉は再度、体勢を立てなおすのだ。

「隊長、もう直《じき》です」

オアシスからすかさず地図データが送られてくる。予想通りだ。

「隊長、連中どうやらすっかり頭に血が上ってるようですね。自分達がどこにいるのかも忘れたみたいだ」

「忘れてくれないと、我々が困るのだがな。こちらも命がけだ」

そういうとレイヤー中尉は猛然《もうぜん》とダッシュをはじめた。

「おい、モビルスーツがそっちに一機向かったはずだ」

「いや、こちらには来ていないぞ」

「そんなはずはない、いまさっき前方に回り込んだばかりだ」

「そんなこと言われてもなぁ、こっちのモニターにはモビルスーツは一機……あっ、くそ、どこに行きやがる」

レオンのジムは大胆《だいたん》にもライノサラスの後方に移動しようとする。それに呼応するかのようにマイクのジムは主砲のバストライナー砲を狙う素振《そぶ》りをみせた。

ライノサラスは後方を晒《さら》さないためと、主砲を守るためにここで大きく旋回した。だが彼らが把握《はあく》しているモビルスーツは依然《いぜん》として二機だけだ。

「あっ、いたぞ真後ろだ！」

バストライナー砲の旋回する砲塔が、真後ろから接近するレイヤー中尉のモビルスーツをとらえる。砲手はとっさにバストライナー砲の引き金を引く。

バストライナー砲の威力は激烈《げきれつ》だった。強力な荷電粒子《かでんりゅうし》は、ライノサラスの電子機器の安全装置を作動させたほどだ。もともと至近距離《きょり》で使うべき兵器ではないからだ。

操縦室内は瞬間的《しゅんかんてき》に灯《あかり》が消え、それはすぐに復旧する。コンソールにもほぼ同時に灯が戻った。時間にして三秒ほどだろうか。

「主砲チャージ開始！」

バストライナー砲に再び電力が貯えられる。敵の静止の確認より先に、チャージからはじめなければ、とっさの時に対応できない。それがこのビーム砲の欠点でもある。

「いたか？」

「駄目《だめ》です、主砲塔のモニターが焼き切れてます！」

「何だと、この肝心《かんじん》な時に！」

「主砲、再チャージ完了《かんりょう》！」

レイヤー中尉がどうなったのか、彼らはその時知った。

「ジェネレーターに異常……」

彼らがそれを感じた時、機関室からは溶《と》けた金属がプラズマとなって操縦室に押《お》し寄せてきた。

「隊長、隊長……隊長！」

「あぁ、無事だ。ジムのシステムが一時的にセイフティモードに入っていただけだ。いやはや電子機器の九七パーセント正常とのご神託《しんたく》だ」

「えっ、ビームが素通りしただけで、システムの三パーセントもダメージを食らったんですか」

「あぁ、シールドなど誘導《ゆうどう》電流のおかげで目玉焼きができるくらい熱を持ってる」

「よく助かりましたね」

「あぁ、ここには旧宇宙港時代の排水溝《はいすいこう》があったからな。そこに身を潜《ひそ》めていたのさ」

レイヤー中尉が一時的にライノサラスから姿を消したのも、マイクとレオンがライノサラスの針路を変更《へんこう》させたのも、そうして敵の後方の死角から接近するためだった。

「しかし、直撃《ちょくげき》を受けたらどんなことになっていたか」

バストライナー砲が命中した地面は、岩盤《がんばん》が溶融《ようゆう》し、まだ煮《に》立《た》っている状態だった。そのエネルギー量は想像するに余りある。

「隊長、周辺に敵の姿はありません。いまなら大した抵抗《ていこう》を受けることはないと思います」

「みんなこの化物に期待していたってことか。よし、HLV基地へ前進だ!」


「まったくどうして何の返事もないのかしら……」

「忙《いそが》しいんでしょう、あちらも」

「忙しいのはお互《たが》い様よ。伝えとく、伝えとくって、全然返事がないんじゃないの」

ジョコンダ少尉とティナ軍曹《ぐんそう》は、中央管制室につながる廊下《ろうか》を歩いていた。もちろん抗議《こうぎ》のためである。

彼女たちは、補給部隊の業務を手伝っていた。たまたまいま打ち上げ準備中のHLVのペイロードベイに若干の空《あ》きができたので、そこに次の便で運ぶ予定の物資を積みこもうと考えた。そうすると最後の便のHLVにかなりまとまった空きができ、そこに別の物資を積みこめるからだ。

そのための物資搬入《はんにゅう》作業の打ちあわせをHLVの現場としていたのだが、作業が佳境《かきょう》に入っているはずなのに、何の返事も来なくなっていた。

それだけではない。管制室に連絡《れんらく》を頼《たの》んだのだが、そっちはそっちで「伝えておく」と繰り返すだけで、やはり何の返事もなかったのだ。

ジョコンダ少尉は、自分が女性の新任少尉だから馬鹿にされていると思ったらしい。こうして抗議のために中央管制室に向かっているのだ。ティナ軍曹は彼女が万が一暴れたりしないようについてきていた。

あのアデレードからのサバイバル道中での彼女の行動を考えるなら、キレかけた少尉は放置できない。下手《へた》をすれば怪我人《けがにん》が出てしまうだろう。

すでに打ち上げ準備も最終段階になっており、管制室付近に人影《ひとかげ》はない。作業が終わった人間から、ヒューエンデンのHLV基地脱出準備にとりかかっているからだ。

基地の防衛と基地からの脱出準備。この二つを同時に行うのは簡単なことではなかった。だがそれは為《な》されなければならない作業なのである。

ほとんど人に会うこともなく、二人は管制室のドアの前まで来た。

「ちょっと、一体どうなってるの……よ」

勢いよく管制室に入ったジョコンダ少尉は、彼女に向けられた十数人の男たちの顔に、入ってきた時の勢いもどこへやら急に黙《だま》り込んでしまった。

「どうかしたのかね、少尉」

「いえ、そのあの」

彼女は打ち上げ主任にまともに顔をあわせられないのか、うつ向いてしまった。

「すいません、主任。我々は最近拾われたばかりで基地の構造がまだ良くわからないのです。どうやら貨物室と間違《まちが》えてしまいました。申し訳ございません」

「謝ることはないさ、軍曹。ここしばらくこの基地も人間の出入りが多い。君らのようなのは珍《めずら》しくないさ。ただ貨物室はまったく反対のブロックだ」

「ありがとうございます」

ティナ軍曹は管制室の全員に最敬礼すると、化石のように動かないジョコンダ少尉の袖《そで》を引っ張って退出した。

管制室のドアが閉まると、彼女はそこで初めて自分の為すべきことを思い出したのだろう。いきなり走りはじめた。

「ちょっと、どうしたんですか、少尉」

彼女は何も話さない。ただ走るだけだ。彼女がようやくティナ軍曹に口を利《き》いたのは、管制室のブロックを完全に抜《ぬ》けてからだった。そこを抜けるまでは安心できないかのようだった。

「どうしたんですか、さっきのあれは。私が適当に口裏を合わせたからいいようなものの、あれなら士官学校出たての新任少尉のまんまじゃないですか」

「いたのよ、あそこに連中が」

「連中って？」

「だからあいつらよ、大変、あの管制室はマッチモニードに占拠《せんきょ》されているのよ！」

「はぁ、なんですか？」

「マッチモニードよ、話さなかった？　私が乗っていたユーコンに乗り込んできたキシリア直属の特殊《とくしゅ》部隊」

「あれが、あそこに？」

「そうよ、間違いないわ。向こうはこっちの顔を忘れても、私は忘れはしないわよ。人を人とも思わない嫌《いや》な連中だったんだから」

「それがここにいるってことは、じゃあ、いままでの主任とかは……」

「そうよ全員殺されてるわ、きっと。あいつらユーコンばかりじゃなくてHLVも自分達だけが脱出するためにジャックするつもりよ、いや、もう占拠されてるかも」

「だからHLVから何の応答もないんですか！」

「急いで、ユライア中佐に知らせないと」

「お前達は逃げられんぞ」

管制室のモニターにユライア中佐の顔が映し出された。

「お前達も承知のように、その管制室は通路が限られているからな。そこにいる限り脱出は不能だ。命が惜《お》しくば、大人《おとな》しく投降しろ」

マッチモニードの面々に不安な表情が広がる。だがニアーライト少佐だけは何事もなかったかのように直通電話をとる。

「そちらこそ管制室の構造はご存じでしょ。ここは要塞《ようさい》のような構造になっているのよ。ここになら一月や二月籠城《ろうじょう》できるだけの設備があるのは互《たが》いにわかっていると思うけど、どうかしら」

ユライア中佐の表情が変わる様子もモニターには映されていた。それはひどく不潔なものを見せられた人の表情だった。そしてそれはニアーライト少佐の不愉快《ふゆかい》な記憶を呼び起こすものでもあった。

「籠城してどうする。連邦軍《れんぽうぐん》がそこまで迫《せま》っているのはお前達も百も承知だろう」

「貴様に何がわかるのかしら。いい、ここからならHLVを自爆《じばく》させることも可能なのよ。残り二機のHLV、たったいま自爆させてあげましょうか。そうなればどうなるかしら、あなた達は永遠に宇宙へは戻れないわ」

「ふん、そうか。お前らは知らないんだったな。投降しろ、そうすれば命だけは助けてやる。HLVを破壊したけりゃ、勝手にしろ。どうせ乗組員はお前の部下が殺してしまったんだろう。ならば同じことだ、彼らは宇宙に行けないのだからな」

「はったりはお止《よ》しなさい」

ニアーライト少佐はそこで電話をたたきつけるように切る。すると急に室内が暗くなる。コンソールはもちろん、モニターも機能を停止した。点灯しているのは独自のバッテリーで動く非常灯の赤い光だけだ。

「どうしたの？」

「外部からの電源が切られました」

「自家発電装置は？」

「作動しません……おそらく破壊されたのでは」

「なんですって！」

ユライア中佐は、どうあってもHLVを発射させたくないらしい。自家発電装置まで破壊するとは管制室を解体するにも等しい行為《こうい》だ。

だがそれは彼に一つの確信を抱《いだ》かせた。彼は特殊部隊用の通信装置をとるとタイソン大尉《たいい》を呼び出す。

「大尉、こちらからの支援《しえん》は出来なくなったわ。あなた達が手動で打ちあげてちょうだい。できるわね？」

「ええ、すでにカウントダウンは始まってますから。チェック項目を幾《いく》つか省略すれば、手動で打ち上げは可能です」

「よし、いいわ。ならさっそくいまから打ち上げる準備にかかって。奴らの目の前でHLVを打ち上げてやるのよ！」

ニアーライト少佐はすでに自分達が生還《せいかん》できるなどとは考えていない。彼は自分の命も他人の命同様、何の価値も見いだしていないからだ。

だがユライア中佐らは強がっているが、何よりもアスタロスが宇宙に打ち上げられることを恐《おそ》れている。管制室を破壊してまで打ち上げ阻止《そし》を謀《はか》ろうとしたのはそのためだ。

アスタロスさえキシリア様の手に入れば、この戦争は終わらない。自分を蔑《さげす》んだ連中は破壊された地球の生態系と共に死んでゆくのだ。だからこそHLVを奴らの目の前で打ち上げ、誰《だれ》が勝者であるかを見せつけてやらねばならない。自分の命など、そのためには微々《びび》たるものだ。

「さぁ、落とせるものなら落としてごらんなさい。エリートだとうぬぼれているジオンの皆さん！」

「なんだと、特殊部隊が潜《もぐ》り込んでいただと！」

内憂外患《ないゆうがいかん》。ドナヒュー中尉はその知らせを聞いて、そんな言葉を思い出す。トリントン基地の核施設《かくしせつ》を襲《おそ》ったマッチモニードとかいう特殊部隊の連中は、とうの昔に死んだものと彼は考えていた。

ヒューエンデンの基地には入れていないし、基地の周囲は連邦軍で固められているのだから、連中の運命はどう考えても先が見えている。

ところがいざ蓋《ふた》を開けてみると、奴らはHLV基地にどうやってか侵入《しんにゅう》し、あまつさえ打ち上げ管制室を占拠《せんきょ》してしまったのだ。どうやら管制室ばかりでなく、HLVそのものも占領《せんりょう》しているらしい。

「発電装置と発射台との通信回線はこちらで破壊したのだが、HLVはすでに燃料も注入し終わり、手動で打ち上げ可能らしい。管制室の賊《ぞく》はともかく、HLVは始末せんとならん」

「アスタロスを持ってるのか？」

「状況《じょうきょう》から考えて持っているだろう。主犯格が管制室にいるところを見れば、二つにわけていると考えるべきだ」

「じゃぁ、奴が宇宙に上がっちまうと」

「ザビ家はとんでもない兵器を手に入れることになる。奴らは一つ間違えれば、アスタロスでコロニーの生態系も破壊されるということもわからんらしい」

「まったく、『ホワイト・ディンゴ』に化物《ばけもの》部隊かどちらか一つ……そうか。おいユライア中佐、敵のモビルスーツ隊はどこにいるかわかるか？」

「まて……たぶんこの辺だ」

「近いな……よし、この際だ、やってみるか」

「やってみるって、何を」

「あまり他人に自慢《じまん》できるような戦術じゃないが、敵をそこからここへ誘導《ゆうどう》する。もちろん闘《たたか》いながらな」

「ここって……HLVの発射台だぞ」

「そうだ、奴らをここにおびき寄せ、HLVを攻撃する。そうすれば燃料を満載《まんさい》したHLVだ。敵モビルスーツ隊ごと吹き飛ばしてくれるはずだ。アスタロスもろともな」

「『荒野《こうや》の迅雷《じんらい》』らしくない手荒な作戦だな」

「『荒野の迅雷』は軍人であって、武人じゃない。武人と軍人では闘い方のルールが違《ちが》うのさ」

「わかった、管制室はこちらで何とかする。じゃぁ、頼んだぞ。脱出方法は」

「あぁ、最終便には間に合うようにするさ。そのために部下達は出払《ではら》ってるんだ」

一機のゲルググと二機のグフはこうして「ホワイト・ディンゴ」を求めて移動する。

――『荒野の迅雷』は武人とは違うか。悲しいことだな。

ドナヒュー中尉は、ゲルググのコクピットの中、一人そう呟《つぶや》いた。

「隊長、ジオンの新型モビルスーツとグフが二機接近してきます」

「新型とはなんだ、アニタ。ドムか？」

「いえ、ドムなら前回の戦闘《せんとう》のデータがあります。これはドムとは似てますが、ドムではありません」

「どうやら今日はジオン軍総棚《そうたな》ざらえの日らしいですね、隊長」

「そのようだな。こんなことなら明日攻撃すれば良かったな」

敵の新型モビルスーツはすぐにジムの光学センサーでも捉《とら》えられた。全体的にザクとドムを足して二で割ったような感じ。それがレイヤー中尉の印象だった。しかし、その性能は恐らくドムをも上まわるに違いない。

全体的にこのモビルスーツはジオンの技術の集大成と思われた。何がどうとはいえないものの、洗練され完成度を高めた機械だけが持つ、独特のデザインがそこにあったからだ。

「三機一組で接近してきます」

「やはりあれが『荒野の迅雷』か」

敵のゲルググにはひときわ目立つ風神雷神《ふうじんらいじん》のマークがある。あれこそが『荒野の迅雷』その人だろう。

両者の間隔《かんかく》は急激に接近してくる。

「マイク、気をつけて。あの新型モビルスーツに急激な磁場の変動があるわ！」

「なんだって、アニタ、それって……」

その答えはすぐにわかった。ゲルググはジオン軍のモビルスーツとしてははじめてビームライフルを標準装備していた。彼らもジオン軍からのビームライフル攻撃は受けたことがなく、これが彼らの対処を遅《おく》らせた。

「しまった！」

マイクの声と共に、レイヤー中尉とレオン少尉のコクピットにシールドごと片腕《かたうで》を吹き飛ばされたジムの姿が映った。

「マイク！」

「俺《おれ》は無事だ。システムの損傷三〇パーセント。自動修復回路作動中。異状システムは切り離《はな》し中だ。流石《さすが》は新型機、よくできているぜ。隊長、マシンガンは片手でも使えます。戦闘力は落ちてません」

「よし、マイク、行動を共にしてくれ」

「いいですとも、俺達は運命共同体だ」

その間にもレイヤー中尉はビームライフルで反撃《はんげき》に出ていた。いまは技術的奇襲《きしゅう》を受けたが、相手が同じ武器を持っているとわかったなら、対処の仕方は幾らでもある。

どうやらジオン軍のビームライフルは連邦軍のそれよりも完成度が低いのか、連続射撃はできないらしい。エネルギーのチャージ時間が必要なのだろう。

ゲルググもそれはわかっているのだろう。いままでは戦闘であったが、ここで二機のグフを全面にだし、自分は後方に下がり始めた。

彼らはビームライフルとの射程ぎりぎりの場所で後退に入る。だがジム・スナイパー・カスタムIIのビームライフルは従来のものより射程が長い。レイヤー中尉は、すかさず一機のグフをビームライフルで一撃《いちげき》のもとに仕留《しと》めている。

二機に減ったモビルスーツは、ここで今まで以上に急激に後退し始めた。

——どうも変だ。

レイヤー中尉は『荒野の迅雷』の闘い方に妙《みょう》な違和感《いわかん》を感じていた。マイクのモビルスーツの片腕を一撃で吹き飛ばすほどの腕を持った男が、仮にビームライフルのチャージに時間がかかるにせよ、こうもあっけなく後退するだろうか？

「レオン、マイク、注意しろ。連中何かたくらんでいるのかもしれん」

その考えはオアシスによって裏づけられた。

「隊長、妙です。その場所は発射台の冷却用《れいきゃく》の注水路に繋《つな》がっています」

「なんだと、それなら発射台に奴らは我々を案内してくれるってのか」

「そうか、HLVの打ち上げが近いんだ。噴射炎《ふんしゃえん》で我々を一挙に始末するつもりなんだな」

——『荒野の迅雷』らしくない。

レイヤー中尉は軽い失望と、ある種の同情の念を感じた。『荒野の迅雷』らしからぬこの妙な違和感は、おそらくこの作戦のためだろう。これが彼の流儀でないからこそ、こうして自分は違和感を感じるに違いない。

おそらく『荒野の迅雷』自身も、この違和感を自分で味わっているだろう。もはやジオン軍の敗北は時間の問題だ。すでに彼らは『荒野の迅雷』に彼らしい闘い方を許さないまでに追い詰《つ》められているのだろう。

だが彼は自分の流儀よりも、軍の必要とする作戦を選択した。

——君は武人よりも軍人であることを選んだのか。

レイヤー中尉は、なぜか自分だけが取り残されたような寂《さび》しさを感じた。だがいまはそれどころではない。レイヤー中尉もまた軍人なのだ。

「よし、案内してくれるというなら好都合だ。どうやら彼らは我々が基地施設《しせつ》の正確な地図を持っていることを知らないらしい」

それは考えられることだ。ジオン軍は情報戦に関しては、機密保持には神経質だが、相手の情報を得ることには比較的不得手《ふえて》な傾向《けいこう》があった。UAVを飛ばせば、最新の地図は作成可能だが、コロニーで生まれ育った彼らには、地図の軍事的な価値というのが今ひとつピンと来ないらしいのだ。ドナヒュー中尉でさえ、この例外ではないらしい。

「マイク、いざとなったら飛び上がれるか？」

「ええ、大丈夫《だいじょうぶ》。腕一本分軽くなってますからね」

「よし、マイク、レオン、合図と共にこの排水溝から脱出するんだ」

——問題はタイミングだ。

レイヤー中尉は敵モビルスーツと追撃戦《ついげきせん》を行いながら計算していた。うまくいけばHLVを爆破しながら、敵モビルスーツも仕留《しと》めることができる。

やがてジムの赤外線センサーが遠距離《えんきょり》に極度に低温な一点を発見する。液体酸素や液体水素を満載《まんさい》したHLVに他ならない。

ビームライフルは悟《さと》られるため使わなかった。彼は頭部のバルカン砲の照準を、その赤外線センサーが示す一点に集中させる。確率的にはすべての弾《たま》を撃《う》ちこめば、遠距離でも必ずどれかが命中するはずだった。

コクピットの地図は彼らがもっとも発射台に近い衝撃波除《しょうげきはよ》けの土手《どて》に接近していることを示していた。

「いまだ！」

レイヤー中尉と部下達はすべてのバルカン砲の弾を前方のHLVに向けてたたき込む。それと同時に彼らは排水溝から脱出し、土手の陰《かげ》に隠《かく》れた。

音響《おんきょう》センサーは数秒の後に激しい衝撃波を伝えてきた。土手に隠れていなければ、衝撃波でジムも無事では済まなかっただろう。

衝撃波は一度では終わらなかった。

「隊長、どうやらいまの攻撃で二機のHLVは両方とも爆発《ばくはつ》したようです」

「何だと、本当か！」

本来なら発射台は誘爆《ゆうばく》が起きないように設計されていた。だがマッチモニードの兵士達は、手動で打ち上げるために、本来行われるはずの安全手順の確認を大幅《おおはば》に省略していた。だから彼らはHLVの一機から燃料が漏《も》れていることに気がつかなかった。それが誘爆を招いたのであった。

「どうやらこれで終わったか」

終わっていなかった。

「隊長、モビルスーツ一機が接近中です！」

「『荒野の迅雷《こうやのじんらい》』生きていたか！」

彼は一瞬《いっしゅん》だが、嬉《うれ》しい想《おも》いに囚《とら》われた。だがすぐに現実を認識する。ここは戦場だ。

『荒野の迅雷』もまた遮蔽物《しゃへいぶつ》にいたらしい。排水溝の屈折部《くっせつぶ》に避難《ひなん》して衝撃波と噴射炎を避けたらしい。彼は何を思ったのか、打ち上げ管制室らしい建物にフルチャージのビームライフルを撃ちこみ、そこを廃墟《はいきょ》にすると、ライフルを捨てた。そしてビーム長刀を取り出した。

「レオン、マイク、手を出すな。これは私の戦争だ！」

レイヤー中尉は、ゲルググに向かいビームサーベルで間合いをつめる。

「どういう風のふき回しだ、『荒野の迅雷』？」

「何でもない。ただ自分は軍人には向いてなさそうだということにいま気がついただけだ。どうしても部下の死様《しにざま》を考えてしまうようでは、軍人失格だ。特に自分の作戦で部下が死んでしまうとな」

ゲルググはそれ以上語ることはないと言いたげに、ビーム長刀で切り込んでくる。レイヤー中尉はそれをビームサーベルで受け止めた。

サーベルと長刀の応酬《おうしゅう》は、数度にわたり続いた。ジムもゲルググも機動力を使い、焼けただれた発射台跡《あと》を使いながら、攻《せ》め、守りそしてまた攻め、守る。

すでにアニタは後続部隊が基地に突入《とつにゅう》したことを知らせていたが、レイヤー中尉には目の前のゲルググしか頭の中にはなかった。

「隊長、基地から大量の輸送機が……」

ゲルググに異変が起きなければ、彼はその言葉さえ聞き逃していただろう。ゲルググは輸送機の編隊が基地を飛び立つのを確認すると、ふっと隙《すき》を作った。

「しまった！」

レイヤー中尉がそれが作られた隙であることに気がついた時、彼の体は反射的に動いていた。ビームサーベルはゲルググを貫《つらぬ》いていた。

「おまえ……死ぬつもりだったのか！」

「なに、軍人として友軍に脱出する時間を与《あた》えていただけさ」

「軍人になれないと言ったのは、おまえだろう！」

「『ホワイト・ディンゴ』、人間とは矛盾《むじゅん》に満ちた存在なんだよ」

『荒野の迅雷』からの通信はそれっきり途《と》絶《だ》えた。

レイヤー中尉の耳に聞こえてくるのはアニタから送られるラジオ放送だけだった。

「宇宙世紀〇〇八〇年一月一日一五時、地球連邦軍とジオン共和国との間に終戦協定が締結《ていけつ》されました。戦争は終わりました、そうです戦争は終わったんです……」

——放送の馬鹿野郎、こんな放送はもう五分早く流すもんなんだ！

レイヤー中尉は微動《びどう》だにしないゲルググを観《み》ながら、そう思った。戦争は終わった。そしてその直前に、一人の男が死んだ。もしかすると彼の生涯《しょうがい》の友となれたかもしれない男が。

連邦軍はその日のうちに完全にヒューエンデンのＨＬＶ基地を占領した。すぐにＨＬＶの残《ざん》骸《がい》が調べられ、アスタロスのサンプルが完全に破壊されたことが確認された。ビームライフルの直撃《ちょくげき》を受けた打ち上げ管制室跡《あと》からも残りのサンプルが回収された。生物環境《かんきょう》兵器アスタロスはこうしてすべてが処分された。だがこの兵器に関する資料は、その後、完全に封印《ふういん》されたという。

エピローグ　アフリカ

U.C. 0080年2月6日

「遅《おそ》いですね」

若い女が言う。

「しかたがないでしょ。まぁ、これくらい誤差のうちよ」

もう一人の年嵩《としかさ》の女が応《こた》える。彼女らの後ろには、数十人の人間達と、多数の不整地用車《しゃ》輛《りょう》が並べられていた。

「それより当局は大丈夫《だいじょうぶ》なの？」

「はい、地球連邦《れんぽう》もアフリカまでは十分に目が届きませんから。誰《だれ》であれ反連邦なら何をしても黙認《もくにん》する人達はいます。もちろんそれなりに代償《だいしょう》が必要ですけど」

「まっ、金で解決できるなら、金で解決しときたいわね」

元ジオン軍大尉《たいい》小泉摩耶《まや》は、同じく元ジオン軍中尉《ちゅうい》エイドリアンにそう言うと、再び赤外線暗視装置付き双眼鏡《そうがんきょう》を海に向ける。

「便りのないのが元気な印か」

ヒューエンデンのHLV基地で死闘《しとう》が行われている時、ウォルター大佐の作戦がオーストラリア全土で展開された。ジオン軍は意味もなく、アリス・スプリングスを放棄《ほうき》したのではなかった。連邦軍はこれにより戦力を北と南に分断。大陸中央部の兵力は極端《きょくたん》に低下した。そして各地のジオン軍は密《ひそ》かに大陸中央部の秘密基地や物資集積所に集結していた。

ウォルター大佐の言う「月の階段」とは海面に月への階段のように月光が映りこむ、旧ブルーム地方で見られた自然現象を指していた。これが作戦の実行日と最終目的地を暗示していたのだ。

作戦実行と共に大陸中央部のジオン軍は決起すると、防備の手薄《てうす》な連邦軍基地を襲撃《しゅうげき》し、ブルームへと向かう。そこには大量の船舶《せんぱく》や航空機が用意してあり、現地指揮官である小泉摩耶大尉の指揮の下、ジオン軍将兵はアフリカへと脱出《だっしゅつ》した。彼らはすでに宇宙への脱出を断念し、連邦の統治が十分に及《およ》ばないアフリカへの潜伏《せんぷく》の道を選んだのだ。

ヒューエンデンのHLV基地の行動は、すべてこの作戦を連邦軍から隠《かく》すための大規模な陽動作戦だった。作戦が実行されると、ドナヒュー中尉の部下達は、ヒューエンデン近郊《きんこう》の連邦軍飛行場を再度襲撃する。

同じ日に二度も同じ部隊に襲撃されると考えなかった連邦軍航空基地は、航空機を基地ごと失う結果となった。こうして連邦軍の制空権に孔《あな》があいた瞬間《しゅんかん》に、ヒューエンデン基地からも最後の部隊が輸送機で脱出。一部はドナヒュー中尉の部隊を回収した。

連邦軍はこのジオンの作戦に為《な》す術《すべ》がなかった。連邦の主力は余りにも互いに離《はな》れ過ぎていた。そして彼らは再び大都市を目指して軍を進めた。だがジオン軍は各地に分散して設けられた物資集積所により、大都市に立ち寄らずに脱出ができた。連邦軍がブルームに入城した時、ジオン軍は誰一人残っていなかった。ただ港にはこんな落書きがあった。

『戦争を楽しもう、平和が恐《こわ》い』

ブルームからの脱出はしかし、簡単ではなかった。事態に気がついた連邦軍が海上を移動する船団を拿捕《だほ》しようとしたからである。だが大規模な海上作戦が可能なほど連邦軍には戦力の余裕《よゆう》はなかった。そして海上部隊を提供する国々の中には、ジオン軍に同情的な人間達も少なくなかった。反連邦の政治勢力としてジオン軍の残党を使おうという人間もいたからだ。

こうしてオーストラリアを脱出した人間達は、いつのまにか民間商船を装い、アフリカへと向かった。そしていま、最後の船が到着《とうちゃく》するはずだった。

「来たわ、来たわよ」

　摩耶大尉が叫ぶ。周囲の人間達も、その小さな貨物船を発見した。エイドリアンはより感度のよい大型望遠鏡をそれに向けた。

「何か光学信号を送っています」

「何だって、エイドリアン」

「小さな炎《ほのお》は小さな風なら大きく燃えあがるが、烈風《れっぷう》にあえばあえなく吹き消されてしまう」

「『じゃじゃ馬ならし』、第二幕第一場か。間違《まちが》いないわ、ユライア中佐よ」

　彼女の声に後ろの人間達はどよめいた。これで全員がそろったことになる。

「ユーリが到着したか？」

「ええ、あそこに。ウォルター大佐」

「元大佐さ」

　彼は赤外線双眼鏡《そうがんきょう》を貨物船に向ける。

「やっと終わりましたね、大佐」

　だが彼は意味ありげにこう摩耶大尉に答えた。

「いや、これから始まるのさ」

おわり

小説完結に寄せて

ガンダム外伝シリーズ　ゲームデザイナー　徳島雅彦

ガンダムという作品が生まれてから20年……。

自分自身、初代ガンダムの本放送は幼稚園のころに見ていたことになるわけですが、当時からこの作品に対する思い入れは異常なほどでした。今でこそ笑い話ですが、最終回の時などあまりの悲しさに38度の熱を出したほどです。

ただのガンダムファンだった自分が今はガンダムを作る人間の1人になっている……。こんな事が可能なのはガンダムという作品が20年経った今でも色褪《いろあ》せることなく、アニメーション世界だけに留まることなく多方面に展開しつづけ、僕らの中で大きな存在意義をもった作品であるからだと思っています。

今回、この小説が発行されたことは、僕にとってこの上ない大きな喜びです。

キャラクターゲームを制作するにあたり、難しいのが「ゲーム性」と「ストーリー」のバランスです。アドベンチャーやRPGといった元々ストーリーを基としているゲームはいいのですが、アクションやシューティングといったプレイ感覚を楽しむタイプのゲームでは、下手にストーリーを複雑に絡めるとゲームのテンポが悪くなります。

僕の作るガンダム外伝シリーズは「究極のガンダムごっこ」を体験してもらう事を制作の軸としているため、物語の主人公をプレイヤー自らが演じるようになっていて、下手に客観的な解説や状況説明を入れてしまうとせっかくのプレイ中の臨場感が台無しになってしまうのです。

そこで無類のガンダム好きであり、ゲーム制作者でもある僕は、ストーリーを手取り足取り説明するのではなく、プレイヤーが物語の登場人物の1人としてそれを感じとり、もっと深く知りたくなるようなゲームを作ろうと決めました。……それが、成功したのかどうかは解りませんが、今回、林先生の書いてくださった物語は、架空戦記物を数多く手掛ける先生ならではの手腕が冴《さ》え、今までとは一味違うミリタリーテイストの強いガンダム作品になっており、まさに僕の描きたかったドリームキャスト版ガンダム外伝のストーリーの完成形であると言えます。随所にゲームとの設定の差異はありますが、そこがまた多メディア展開の面白い所ですよね。

きっとこの作品を読んでくださった読者の皆さんも、僕同様に新たなガンダムワールドを存分に堪能してくれたことと思います。

多くのファンに支えられながら、それぞれのメディアの長所をいかし、また、短所を補って成長するガンダムワールド。僕自身もこれからのガンダムワールドに期待する1人のファンである事を忘れずに、プロとしての仕事をしていきたいと思っています。

最後に、小説化にあたり尽力してくださった皆様に深く感謝いたします。

機動戦士《きどうせんし》ガンダム外伝《がいでん》

コロニーの落《お》ちた地《ち》で…（下）

著／林《はやし》 譲治《じょうじ》
原作／矢立《やたて》 肇《はじめ》・富野由悠季《とみのよしゆき》
協力／千葉智宏《ちばともひろ》（スタジオオルフェ）

角川文庫 11366

平成十二年二月一日 初版発行
平成十四年三月十日 七版発行

発行者――角川歴彦
発行所――株式会社角川書店
東京都千代田区富士見二―十三―三
電話 編集部（〇三）三二三八―八六九四
営業部（〇三）三二三八―八五二一
〒一〇二―八一七七
振替〇〇一三〇―九―一九五二〇八
印刷所――旭印刷
製本所――e―Bookマニュファクチュアリング
装幀者――杉浦康平

S 111-2 ISBN4-04-423202-4 C0193

角川文庫発刊に際して

角川源義

第二次世界大戦の敗北は、軍事力の敗北であった以上に、私たちの若い文化力の敗退であった。私たちの文化が戦争に対して如何に無力であり、単なるあだ花に過ぎなかったかを、私たちは身を以て体験し痛感した。西洋近代文化の摂取にとって、明治以後八十年の歳月は決して短かすぎたとは言えない。にもかかわらず、近代文化の伝統を確立し、自由な批判と柔軟な良識に富む文化層として自らを形成することに私たちは失敗して来た。そしてこれは、各層への文化の普及滲透を任務とする出版人の責任でもあった。

一九四五年以来、私たちは再び振出しに戻り、第一歩から踏み出すことを余儀なくされた。これは大きな不幸ではあるが、反面、これまでの混沌・未熟・歪曲の中にあった我が国の文化に秩序と確たる基礎を齎らすためには絶好の機会でもある。角川書店は、このような祖国の文化的危機にあたり、微力をも顧みず再建の礎石たるべき抱負と決意とをもって出発したが、ここに創立以来の念願を果すべく角川文庫を発刊する。これまで刊行されたあらゆる全集叢書文庫類の長所と短所とを検討し、古今東西の不朽の典籍を、良心的編集のもとに、廉価に、そして書架にふさわしい美本として、多くのひとびとに提供しようとする。しかし私たちは徒らに百科全書的な知識のジレッタントを作ることを目的とせず、あくまで祖国の文化に秩序と再建への道を示し、この文庫を角川書店の栄ある事業として、今後永久に継続発展せしめ、学芸と教養との殿堂として大成せんことを期したい。多くの読書子の愛情ある忠言と支持とによって、この希望と抱負とを完遂せしめられんことを願う。

一九四九年五月三日

地球に新たな風が吹く
∀《ターンエー》ガンダム
GUNDAM
CALLED "TURN "A" GUNDAM
富野由悠季監督ＴＶアニメーション作品を完全ノベライズ
著／佐藤茂
原作／矢立肇・富野由悠季
イラスト／萩尾望都
1.初動 1999年11月1日発売
2.騒乱 1999年12月1日発売
3.百年の恋 2000年2月1日発売
4.二人のディアナ 2000年4月1日発売
5.月光蝶 2000年5月1日発売
創通エージェンシー・サンライズ・フジテレビ

スニーカー文庫
SNEAKER BUNKO